秦绿枝
散文杂感文集

太平世事

上海辞书出版社

代序

我为文的信念是「实」

二〇一五年六月二十日端午

吴承惠

这一本小书无非就是将自己写的一些长长短短的散文归拢了一下。我这里很大胆地用“散文”这两个字来称呼我用“秦绿枝”笔名写的这些小文章，也许要招来一些人的蔑视：你这算是什么散文？内容一点没有想象力，文字的美感更谈不上……

谢谢指教，这确实是我的“致命伤”。谁叫我是干新闻记者这一行的？ 新闻记者写报道，唯一的要求就是“实”，实事实报，实话实说，来不得半点虚假，更不能夹杂一点自以为是的想象。 假使要发表一点议论，也要充分估计在现有的主客观条件下，能够做得到的才说，做不到的就不说。 豪言壮语、甜言蜜语徒然吊人虚火，派不了一点实际用场。 这多年养成的职业习惯，也许扼杀了我写作的浪漫性（其实是浮华），让我始终信奉一个“教条”：求真务实。 由于众所周知的原因，真话实话也不能全说，说的时候要讲一点技巧。 在这方面我倒是积累了一点经验。 因此，这本小书如果自诩有什么特色的话，我认为不过就是一个“实”字，实事、实情、实意，实实在在表达了我的一点感受。

收在这本书里的文章我只是大致归了归类，没有认真或严格地排列顺序。 同时我也信奉一种趣味，就是“杂”。 用上海话说起来就是“花头经多一些”。 有时弄弄这个，有时玩玩那个，生活可以免于单调。 这本小书收集的文章就有些“杂”，长长短短，东拉西扯，悲喜交集，或正或“邪”。 这个“邪”字用得分量重了些，不过是对比“正”的意思，相信读者能够理解，我是不是有点“吹”？ 这本小书的“杂”，其实也跳不出文化圈子。

现在我略就书里的一部分文章补充一点说明：开头几篇是关于戏曲方面的，因为在我的记者生涯中，曾与这个领域有过较多的接触，自信能窥见此中的一些奥秘。比如头一篇《看戏就是看演员》，原是应上海戏剧学院教授宋光祖先生之约而写的。宋教授先编过一本《折子戏赏析》，接着又编第二本《名伶名剧赏析》，他来看我，要我也写一篇。我写不来戏曲专论，只能就历年看戏的心得，写一写我看戏（主要是京剧）最想看的是什么，于是就有了这长达八千字左右的《看戏就是看演员》，这也是老实话，戏要靠人来演。有好些折子戏根本就没有什么故事情节，全靠演员的表演让你沉醉其中。多数的折子戏能够流传，也是靠某演员演出了名，获得了存在的价值。令人叹惜的是《名伶名剧赏析》这本书刚刚付印，宋光祖教授就因患肺癌去世了。

《祭黄》一篇，我自认是写得较有感情的。已故的京剧名旦黄桂秋当年与比他小好多岁的越剧名旦李慧琴谈恋爱日久年深，直到“文革”前黄桂秋已经在台上唱不动的时候才正式结婚。随即“文革”爆发，黄桂秋的病情日渐沉重，作为妻子的李慧琴，能享受到的“闺房之乐”竟是成年累月地服侍一个脾气暴躁的老年病人，而她竟然毫无怨言，直至丈夫死后依然哀伤不已。大概是 1987 年，她也患癌症去世了。《祭黄》写的是 1986 年李慧琴邀我参加在家祭奠黄桂秋的情景，以及由此引起的一些回忆。演员在台上演的是悲欢离合，其实他们在台下的生活往往也是悲欢离合的。

有两篇回忆已故弹词名家刘天韵的，原来都发表在《上海评弹》先后两次纪念刘天韵而编辑的特刊上，文章不长，内容有部分的重复，为什么都要收进来？ 因为两篇也有很大的不同。 特别请读者注意这两篇的最后一段，一篇我不怕别人责怪，写了刘天韵早年不慎染上嗜好，后来又如何坚决地戒除的事。 不为贤者讳，我认为反而把贤者与群众拉近了。 另一篇我写了上世纪六十年代刘天韵不得已送有点智障的儿子远赴新疆的无奈。 我作为记者报道了这件事，如今却深自忏悔，只图完成宣传任务，丝毫不顾当事人那种说不出的痛苦，当时我怎的就那样浅薄幼稚？

后面有一部分是写我做《新民晚报》副刊“夜光杯”编辑的体会。 晚报复刊后的副刊究竟编得如何，自有公论。 但我确实尽了我的力量，花费了不少心思。 当然有前人的余荫，更有那时还健在的前辈的指点和帮助。 社内有赵超构（林放）先生，社外有徐铸成先生和其他几位老报人。 他们都已故去了，我还活着，有时一想起他们就感伤不已，所以我把以前写的几篇怀念文章收集在书内，以示我到老不忘他们施于我的恩泽，也稍带展示一下这些老先生的为人风范。

以下一部分我选了一些生活小品和杂感，都不长，最短的只有二三百字，让读者换换口味。

1988年至1992年，我当了一任第七届全国人大代表，这对我这个一向不问政治更不懂政治的人来说，无异于“打鸭子上架”。承党和人民看得起，我也只好勉力为之。无如水平有限，这五年我在人民代表的席位上是毫无建树的。但在头两年，上海的《新闻记者》杂志硬要我写点大会见闻，情不可却，于是我在头一年写了《参政日记》，第二年写了《今年的全国人大》，以后形势有些变化，就不好写了。现在时间过去了近二十年，把这两篇东西翻出来放在书里，我觉得也没有什么触犯忌讳之处，因为文章写得相当小心。究竟如何，请读者审查。

最后一篇是1990年10月我随中国新闻代表团去访问奥地利的记述，去时由德国法兰克福转机到维也纳，回来时途经莫斯科。我在晚报副刊“十日谈”这个专栏中连写了11篇，又在别的报刊写了几篇，这里选一篇，主要写在还是戈尔巴乔夫当政时的苏联莫斯科逗留一天半的情景。当然是看不出什么端倪来的，只觉得那时苏联的物资供应相当差，在那个有名的大商场买不到什么东西。

现在回过头来再看看这些文字，都是我已告别中年，开始步入老年时吐露的心声。在我的一生中，也是从这时候起生活获得了安定。如今我更加老迈了，日子也过得更加安闲了，这一切是拜大环境稳固太平所赐。因此我就想把这本书题名为《太平世事》。

最后我要向几位朋友表示一下我的感激之情。头一个是好友——原上海城市管理学院院长王其康先生对出版这三本小书的鼓励和尽心尽力，同时，获得了有关方面领导和沪港国际咨询集团的支持。不想事有凑巧，一个偶然的机会我有幸认识了上海辞书出版社社长何元龙先生，彼此一见如故。承他慨然允诺，接受了这三本可能是“烫手山芋”的小书。其间又曾得到上海《学术月刊》编审夏锦乾教授的指点。更不用说责任编辑为此付出的辛劳。大恩不言谢，反正我铭刻于心就是了。

目录

看戏就是看演员

原刊《名伶名剧赏析》

上海戏剧学院宋光祖教授主编的《折子戏赏析》出版，承他赠送一册，我虽未从头至尾把书看完，但也看了好些我有点熟悉的篇章，勾起我对往事的回忆。现在，也是谈折子戏的新著《名伶名剧赏析》即将付印，宋先生要我也写点什么。当时不经深思便糊里糊涂地答应了，但拿起笔来，又觉力重千钧，颇费踌躇。我对戏曲其实谈不上有什么研究，只勉强够得上“戏迷”的资格，而且从小就受到“戏”的熏染，那就从我小时候说起吧。

我出生于一个小职员家庭，家境不富裕，“小日子”还是可以过得去的。我是独生子，父母管教很严，动不动就要挨打，但同时对我也很宠爱，读书之外，也注意培养我的正当爱好。我们家都爱看京剧，亲友中有位表哥会拉会唱，是位票友，每次到我家来都要教我哼上两句。于是家里就为我买了留声机，梅兰芳、程砚秋、荀慧生、余叔岩、马连良、言菊朋等名家早年灌的唱片差不多都买了。 我家以前住在镇江，父亲在南京一家盐号里当经理。 每逢有名角到南京演出，总把我接了去，看上一两次。 头一次看麒麟童（周信芳）、看言菊朋，都在南京。 记得麒麟童那次演的是《苏秦六国封相》，前面几场都是不戴胡子的光下巴。 唱些什么则一点没有印象。 我家有他两张唱片，一张是《投军别窑》，一张是《路遥知马力》，那是他嗓子最为沙哑的时期唱的。

看言菊朋那次他演的是《四郎探母》。 那时还没有发明“别”在衣领上的小话筒，我们坐在台下第七排，简直听不见他唱些什么。 他穿的“行头”看上去也不大光鲜，看得我一点意兴也没有。倒是家里收藏的他两张唱片《贺后骂殿》与《法门寺》听起来有味道。 后来听懂行的朋友说，这两张唱片是言菊朋在唱功上最能显示出他标榜“谭派正宗”的造诣之作，声腔字韵之考究，令后世即使不学言的人也敬佩不已。 还有人说，言菊朋后来唱的《让徐州》等虽然很红，称为“言派”，却又显得有点“怪”了。

1939 年父亲进上海一家银行工作，不久母亲携我移家来沪，从此定居，于是便有了更多看戏的机会。 也可以自我吹嘘，我很小就看了不少久闻其名的“京朝大角”。 譬如 1941 年日本发动太平洋战争前一星期，名须生奚啸伯组班来沪，在八仙桥黄金大戏院（后改称大众剧场）演出。 为壮声势，邀约了不少有相当号召力的名角同来，二牌花旦是侯玉兰，当年号称北京戏校“四块玉”的首席（另三块玉是李玉茹、李玉芝、白玉薇），后来嫁与李少春。最令人瞩目的是老伶工程继先，他是叶盛兰、俞振飞的老师。他不天天演，但有几出戏必定要请他老人家登台，一是《群英会》，看看他演的周瑜是怎样为后辈示范的；二是《得意缘》中的卢昆杰（女主角狄云鸾的新婚夫婿），其他还演过什么不记得了，反正这两出戏我都看过。

那时我还不懂戏，但演员在台上能不能激起观众热烈的反应我也有同感。比如铜锤花脸王泉奎（金少山的学生）只要一开口，台下必定有掌声，我也觉得他的唱听起来舒服，希望他多唱一点。还有一位小丑茹富惠，也很突出。他演《群英会》中的蒋干、《法门寺》中的贾桂，台上的风头几乎盖过了别的主角，而且一点不俗气。后来知道茹家是京剧世家，又是在“富连成”锤炼出来的，上了台出言吐语，举手投足，都有讲究。小丑可以现场“抓哏”，但要抓得恰到好处，不牵强附会，才显出其修养之不同一般。茹富惠在我的心目中正是具有这种水平的一位丑角演员。

奚啸伯那时才由票友下海没有多少年。他那时的唱我认为能吸收谭余马言众家之长而无痕迹，听起来很大气。后来他自成一派了，我倒反而不很喜欢，因为过分地刻意求工，雕琢太明显，不自然了。

当时除了黄金大戏院，还有天蟾舞台、中国大戏院（以前叫更新舞台），也常常请北京的名角来演出。父亲总是能满足我至少看一次的欲望，有时还不止一次。戏看多了，原有的心得体会渐渐地趋于成熟了，看戏其实就是看人。戏不过就是那几出戏，但什么人演的却大有不同。好看不好看只维系于演员表演才能的或高或低。有的戏甚至只看关键部分的那几句唱演员唱好了没有。有的老戏迷还这样说，看《四郎探母》只要老生那一句“叫小番”的“嘎调”唱上去了，今天这张戏票钱花得就不冤枉了。

我于1949年7月正式进入上海的新闻界，先跑了一年多的政法新闻，于1950年改跑文艺新闻，又以戏曲为重点。而20世纪的50年代正是戏曲空前繁荣时期，我接触的不仅有京戏，还有别的地方戏曲，往往前台看戏，后台采访，亲聆了好多我素来仰慕的名家謦欬，增长了不少关于戏曲的知识，也增进了我对戏曲的认识，原有的一些信念越发坚定了，就是主宰戏曲舞台的是演员，戏也是因为演员的表演有特色才得以留传成为典型的。《贵妃醉酒》是与梅兰芳的名字分不开的。“四小名旦”之一的陈永玲演出此剧另有一功，终不及梅兰芳更为观众所钦服。《武松打店》是盖叫天的精心杰作，后人（包括盖叫天的孙子）演此，都遵循老太爷的路子，但在精神面貌上要逊色得多。

还可以举出好多好多的例子，想在后面再谈。总之，我要强调的一点是，欣赏折子戏，要看是什么人演的。这出戏某人唱出了名，观众看得眉飞色舞，如果换一个比较差劲的人虽然也是这么唱，便觉还缺少了点什么。再换一个人如果更差，久而久之，这出戏也会跟着湮没了。

一出戏所以被某人唱红，自有好多因素如天赋、功力、客观的机遇等，我又发现一点，演员的性格适合不适合演那一路戏也有关系。这里我想谈谈当年与盖叫天先生接触时暗暗在心里琢磨的一点感受。

那是1952年至1953年，我曾撰写了一百多篇《盖叫天演剧五十年》的长篇连载，先刊登于《亦报》，后发表于《新民晚报》（《亦报》停刊并入《新民晚报》）。当时竟是那么“胆大妄为”，不加考虑地就这么动起笔来了。一个有利条件是我家与盖老家同住在一条马路上。我家住兴安路西陲近雁荡路，盖老家住兴安路东首近嵩山路，是老式的石库门房子，后门在宝康里，大门面临兴安路。因为房子的天井小，施展不便，盖老每每于夜深人静时开了大门到马路上来练功。盖老那时对某某人写他的一本小册子感到不满，认为其中有许多不符合事实的地方。我跑去跟他一说，他看看我这个人不像个“滑头小伙子”，马上就答应了。我是现买现卖，去跟他谈一次，够写两三天。见报后，反映尚佳，自然也反映到盖老那里。因我的笔下充满了对盖老的崇敬之情，不敢稍有疏忽，这一点盖老还是比较满意的。

每次我去盖老家，总在下午两三点钟的光景，盖老刚刚午睡醒来，从后房来到客堂。客堂里摆满了瓷瓶之类的古董，供着神佛，在大的八仙桌前面又摆着一张小方桌，好像当中是挖空了的，放了一只铜盆，常年烧着檀香。据说盖老就从冉冉上升的缭绕烟云中得到灵感，创造了好多灵活的身段。

客堂正面墙壁上挂的那幅中堂上面画的是什么我忘记了，但分挂在两旁的对联是很有名的，出于画家吴湖帆的手笔。上联是“英名盖代三岔口”，下联是“杰作惊天十字坡”。嵌有盖老的本名（张英杰）和艺名（盖叫天）以及他的两出拿手戏，即《三岔口》和《十字坡》（《武松打店》）。

小方桌的前面分放两把椅子，主人坐一张，来客如只有一个，就坐对面那一张。我总是只身前往，因而也总是能面对面地既听盖老谈戏，同时还能欣赏他的表情和手势。盖老真是健谈，不但谈他自己怎么演戏，也谈别人怎么演戏，而且除了谈武戏，还谈文戏，谈老生戏、花旦戏……好些见解着实让我感到闻所未闻。谈戏谈到有所触机，就转而谈戏与人生的关系，从人生又转谈到眼前的世道和以往的历程。盖老几十年在京剧圈子里跌打滚爬，饱尝人情冷暖的滋味，所得到的结果是铸就他绝艺在身、孤傲不屈的独特风貌。

所以，要问盖叫天演过的名剧哪一出最有代表性，我认为是《一箭仇》。盖老夫人就这样问我：“你说老爷子哪出戏最好？”不等我应声，她马上就说：“是《一箭仇》。”盖老教他的大孙子张大根的开蒙戏也是《一箭仇》（张大根是张翼鹏的大儿子，早已改行成为国画家）。

《一箭仇》又名《史文恭》，故事出于《水浒》。 史文恭是曾头市地主武装的首席教练，本领高强，自幼曾与卢俊义、林冲一同拜在名师周侗门下。 周侗教的最后一个学生就是岳飞。 梁山英雄觊觎曾家庄的财富已久，头一次由晁盖领兵去攻打，晁盖被史文恭一箭射中额头，回去不治而亡。 梁山蓄意报仇，先用计收服了富豪卢俊义，由他与林冲先去拜访史文恭，劝他投降，被史文恭严词拒绝。 双方开战，史文恭夜袭不成，中了埋伏，在水上被擒，曾头市亦随之瓦解。

曾有人认为，史文恭因与梁山好汉为敌，就是“坏人”。 这是一种传统的习惯性的凡强盗造反即人民起义的看法，现在可以改变一下了。 史文恭持有一种不屑与梁山为伍的傲气，你越是想以势压人，我越是不服帖。 在舞台上演史文恭，最关键的便是要表现出他的傲气，盖叫天本人恰恰就有天生的傲骨，演史文恭真是对路了。 厉慧良演史文恭也吸收了盖叫天的戏路，身段招式，繁复多变，观众为之眼花缭乱，叫好不已。 惜傲气不够自然，终逊盖老一筹。

是不是也可以由此推而广之，说某人演某戏演得特好，是与他或她的赋性情感经历有关？ 我想，即使不能说得这样绝对，但也不无道理。 曾经在电视里看过谭正岩演《空城计》，他是谭家第七代传人，《空城计》又是谭派正宗的传统戏，家学渊源，他理应演得出色当行。 但我却看得相当泄气。 不是说谭正岩演得不努力，而是这位娇生惯养的小少爷实在理解不了诸葛亮当时的处境和心情，怎么唱也唱不出那种兵临城下心急如焚表面上却要装得若无其事的意味来。据说李少春年轻时在余叔岩门下学戏，有次露出想要学《洪羊洞》的意思，余叔岩说，戏可以教你，但你要演的话最好等脸上有了皱纹之后，意思是到了那时，你才能体会到杨延昭衰病在身的感觉。传说晚年谭鑫培已经染病，但军阀陆荣廷硬逼着他唱堂会，谭鑫培不得已唱了《洪羊洞》，这也是他的绝唱，不久他就去世了。

近年先后又在电视里看了青年女老生王佩瑜演的《打棍出箱》（又名《琼林宴》）和《桑园寄子》。我个人的意见，《打棍出箱》差强人意，《桑园寄子》则不敢恭维。原因也在于这位女青年是在太平日子里长大的，那种兵荒马乱家人离散的情景她茫然无知也是情有可原的，总要到了一定的年纪积累了一定的世故经验，即使不是亲身的经历，也会有由此及彼的感悟。

所以我们现在谈折子戏，总要和演员的表演结合起来谈，才能发现戏的魅力。也不妨这么说，这出戏所以有魅力，其实是演员有魅力，因为戏的本身并没有什么吸引人的地方，有的戏一点情节也没有，“戏”是全靠演员做出来的。比如《牡丹亭》中的《拾画·叫画》一折，柳梦梅在花园中拾到一幅画，而画上人物正是他梦中相遇的美人，引起他无限的遐思，便一个人痴痴地对着画倾诉了一番。有唱有做，特别是要表现出那种书呆子的一厢情愿的神态。这出戏谁演得最好呢？在我记忆中，北昆的白云生老先生在1954年参加华东戏曲会演时演过此戏，我是相当敬佩的。别人的没有看过，不敢随便评定高低。

有的折子戏因某人演出了名而相当走红，于是就认为这戏怎么怎么好，其实也不尽然。譬如《借东风》是马连良先生唱红了的，“学兵书习兵法”那一段由[二黄倒板]转[回龙]再转[二黄原板]的唱段可以说是风靡至今。细究起来，这折戏不过就是这么一段唱，不足以完全体现马先生的表演才能。马先生如果自己组班唱《群英会·借东风》，他在前面的戏里并不演孔明而演鲁肃。因为鲁肃的戏比孔明要多，他发挥的余地也多，直到演完周瑜打黄盖那一场，他才匆匆在后台换装成为孔明来唱《借东风》。观众先是看了马先生做，现在又听这一段唱便确实感到相当过瘾了。

除了这段《借东风》，还有一段《甘露寺》中的[西皮原板]转[流水]的“劝千岁”，也是马连良先生的代表作，但我认为，真要领略马先生的功力，并不止是这两段唱。《甘露寺》是出群戏，有马先生参加演出，可以增加号召力。马连良演的乔玄，潇洒而悠闲，说明乔玄虽在东吴官居“首相”，其实是个挂名的闲职，地位高实权并不大，不过在吴国太面前为刘备说说好话把这桩婚事促成的作用还是有的。把握了这一点，乔玄这个人物也就活起来了。

马先生自己认为的得意杰作是《打棍出箱》，他显示的是传承谭余两位前辈并结合他自己有所发挥的成就。他教学生往往也是先以这出戏来增强其不畏难的耐力。比如剧中书生范仲禹在妻子失散遍寻无着后急得几乎要发疯的那种茫然无主的眼神，马先生一而再再而三地要学生“学到家”而不应马虎过关。

马先生还有两出几乎纯粹是念白的戏也是为内行认可而外行不一定领情的。比如《十道本》，写唐高祖李渊误听谗言，疑心次子李世民（即后来的唐太宗）与自己的宠妃有染而下诏赐死，群臣保奏无效一个个灰心丧气，独有褚遂良不屈不挠，到唐高祖的病榻前连上十道奏本，也就是当场向唐高祖诉说自古以来昏君听信奸臣奸妃误杀忠良导致亡国的故事。唐高祖终于被褚遂良这种敢于直言的精神所感动，赦了李世民，还要他拜褚遂良为师。这场戏考验了演员的体力，场上不喝一口水（也许想办法到后台去喝一口）而要说上这么多的话，不口干舌燥才怪。据说马先生在家里的庭院中练习这段念白，翻来覆去，一遍又一遍，声音传到隔墙人家，那家有个女佣人天天听，居然也听会了。

马先生还有一出戏《淮河营》，十老之一的蒯彻冒死说服性情暴躁的刘邦之子刘苌，也是念白多而唱段少。我听张学津谈演此戏的体会：一场戏下来，嘴里头一点唾沫星子也没有了。

这里又让我们领悟到这一点：唱出了名或受观众欢迎的戏，不见得就是演员自以为最能尽现他艺术才情的作品。盖叫天有一年演全本《林冲》，前面都是文戏，老实说，台下的观众几乎有点坐不住了，好不容易挨到林冲发配路过柴家庄，棒打教师爷的那一场，观众这才舒了一口气，终于看到盖叫天动武了。但盖叫天却坚持说他前面的文戏其实比武戏演得好，因为他恰如其分地表现了林冲从一个顺从的军官变成一个叛逆的好汉的经过。盖老的要点是不能演得太火，始终不能损害英雄的形象。

一出折子戏和一台整本的戏究竟哪一种更受群众欢迎也很难说，要看演员怎么演，还要看整本戏是不是场场都有看头。名旦赵燕侠从前到上海，演《玉堂春》总是从“嫖院”起到“团圆”止，让你看个够。据我的体会，观众的精力其实有限，不一定场场都能提得起劲来。直到“会审”上场，全场观众精神都为之一振，这是全剧的精华，也是赵燕侠最能施展她连唱带做的功力的部分。唱则口齿清晰，做则眼到手到意到神到，台下的掌声，也在这一场达到了高潮。

马派须生张学津曾对我说：“我父亲（张君秋）最叫座的戏是什么？是《起解·会审》。他自己组团时，如果碰到经济上周转不过来了，就演《起解·会审》，海报一贴出去，准满，连演三天，团里的一切开销都解决了。”

张君秋的《起解·会审》之所以有如此号召力，无疑就是张先生实在唱得好。张先生的唱腔已经独树一帜地成为“张派”，后起的女旦演员纷起风从。张派的名剧如《状元媒》《望江亭》《诗文会》等时有露演。但我还是觉得张先生唱的老戏听起来更加过瘾，《起解·会审》是最令人折服的。花腔太多并不等于唱得就有新意，听上去还是原来的梅派唱腔，却增添了一种摇曳生姿的风韵，其实很难唱，所以一般的女花旦轻易都不敢动《起解·会审》，因为凭的是真功夫。演全本《玉堂春》不过是说了一个从头至尾的故事，而真正有声有色的章节就是《起解·会审》。演员如唱不好这两折，整本的《玉堂春》也别演了。

还可以举一个例子，就是全本的《战宛城》。如参演的花脸、武生、花旦、武丑都是出色当行的名家，这戏演来就花团锦簇，十分好看，否则就一点劲道提不起来。《战宛城》讲的是曹操领兵攻打宛城，守将张绣听谋士贾诩的建议，不要硬顶，先行投降，再寻机反攻。曹操不战而胜，志得意满，竟与张绣的婶母邹氏通奸，不想被张绣发觉，忍无可忍，便与贾诩定计，先搞掉了守卫在曹操身边的猛将典韦，然后夜袭曹营，曹操狼狈出逃，他的大儿子为掩护父亲，中箭而亡。最后在许褚等几位猛将力战之下，曹操得以脱围，却也受到了很大的损失。

这出戏的好看之处在于每个主要角色都有显露身手的场次。曹操的戏主要在第一场“马踏青苗”。曹营大军声势浩荡地已经来到离宛城不远的郊外，见田中的禾苗长势正旺，曹操便下令部队行进时要十分小心，谁要是践踏了一块禾苗定斩无赦。言犹在耳，不想他自己乘坐的马竟受惊窜到田里去糟蹋了一大片。曹操不能自食其言，便作势要拔剑自刎，诸将慌忙拦阻。最后决定宰了自己的马，割了自己的头发，算是为部下作出了言出必行的榜样。当年演此戏最有名的是郝寿臣与侯喜瑞，我没有看过，但是看过景荣庆的，也很满意了。趟马的身段固然是精彩的，更精彩的是曹操那种权臣的气势，那种权变的神态，令人久久不忘。看这戏的时候，我还在想，如果舞台上布满了实景，比如东一簇西一簇地放些禾苗的样本之类，曹操还有趟马的余地吗？还有什么身段动作好做吗？

张绣的戏在于要刻画出那种忍辱含垢的心态。当他领命要去校场布置军事演习，等待曹操检阅时，手中的那面“令旗”放在背后，摇晃不定，反映了他内心的愤恨不平。花旦邹氏的戏自然是寡居多年后的“思春”情态。武丑胡车是在盗戟时所显露的轻功。还有一个戏虽不多却很重要的人物——典韦。当年杨小楼情愿不演张绣而要演典韦，就是要在一招一式之间尽显典韦那种万夫莫敌的威风。后来的武生遵循杨小楼的路子要演就演典韦。看戏的人请注意两点，一是典韦的脸谱勾得如何？二是在张绣面前摆的功架如何？特别是眼神有没有藐视一切的样子？只要他在曹操的身边一站，就令人胆战心惊。如果能取得这种效果，典韦的戏就算演成功了。

絮絮叨叨地说了这些，再回头一看，说的竟都是京剧。很抱歉，我看得最多的是京剧，我的戏剧观也是京剧养成的，而且说来说去，离不开演员的作用，这可能是一种年深日久的积习，改也难。

现在戏剧改革之风仍然劲吹不已。不仅是地方戏，就是京剧，只要是新编的剧目，用的全是话剧那一套，演员在布景堆砌的空间内，在导演规定的范围内，可以施展身手的余地受到限制。不要说是演员，连我们这些看惯了老戏的观众，也越看越别扭。其实你的布景制作得再豪华，灯光打得再奇幻，还能比得上电影电视中特技的运用？最近看到有位台湾导演竭力主张让讲故事情节回到舞台。这话初听很费解，但也不难解。就是将来看京剧，要看编剧的技巧、导演的手法，以及与之相呼应的舞台装置等，演员的唱做念打降于次要的地位。他的说法不知能激起多少人的响应，反正真要这么做的话，以后就再没有新的折子戏可供赏析了。

京剧已被列为非物质文化遗产中的一项。这就是说，现在京剧受到重视的原因是拥有丰厚的遗产，适当地改革创新也是必要的，但要保存其完好的“遗产”面目，正像保存古代的文物和遗址一样，这里有着非常深厚的学问，非急功近利浮华奢侈之辈所能理解。《名伶名剧赏析》的编印也是想在这方面做一点挽救世道人心的工作。我对宋光祖教授等多位专家辛勤的劳作既敬佩又感激，止不住拉杂地写了以上的文字，虽不成体统却是真心实意。有污清目，抱歉之至。

真女中的豪杰也

原刊《我玩了一辈子》

2014年10月7日下午4时左右，我收到了一份快递，是北京京剧名票杨洁老师寄来的。拆开来，厚厚的一叠，少数是手写的，多数是电脑打印的，上面密密麻麻，记叙着杨洁老师自“文革”后不久就开始“一本正经”地“玩”京剧（这里我用“一本正经”和“玩”两个字眼是颇有深意的，因为杨老师从十来岁还是少年时代就同京戏有所接触了）直到今日终于成为京剧票界有数的名家专家，算来也有三十多年的历程，其间肯定有鲜为人知的“奥妙”，马上就引起我极大的兴趣，我立刻贪婪地读了起来，一张又一张，连家人三次喊我“吃夜饭哉”的声音也忽略了。

算来与杨老师成为谈得来的戏友，不过是这十几年不到二十年的事。但她的大名却“如雷贯耳”，于二十世纪五六十年代就在报纸上时有发现了。因为一、她是电影《女篮五号》的原型。由谢晋导演，刘琼与秦怡主演的电影《女篮五号》听说就将杨老师当年投身体育事业的佳话糅合在内；二、她是香港巨星夏梦的妹妹。在姐姐耀眼的光环下也有妹妹高大的身影闪现；三、记不清是二十世纪八十年代还是九十年代，有一天看电视，中央台播放了一段反映人们业余生活的故事。我记得一开始有两个骑自行车的男人来到一家人家的门口下车，他俩一个是拉胡琴的，一个是打鼓的，敲门而进，迎接他们的女主人便是杨洁，然后杨洁就在他们的伴奏下唱了一段杨派的《清官册》……当时我看了就想，这组镜头摄自别的地方不稀奇，竟然是京剧的发源地“大本营”北京，看来这位大姐玩票玩出名堂来了。

我小时候也曾经跟着京戏唱片哼上两段。十二三岁的时候学拉胡琴，完全是自个儿“瞎捉摸”，没有正式拜过老师，只偶尔碰到个把内行略微指点一二，拉了几年，有点进步，终不成器。要命的是我这个人没有耐性，没有毅力，心浮气躁，见异思迁，玩玩觉得没劲，就荒疏下来了。戏倒是看了不少，进入新闻界后，采访的范围是文艺界尤其是戏曲界，访问过一些名角大师，听他们的宏论，于京剧一行稍微有些朦胧的理解。退休后才正式参加票房。人家一定要拉我去，无非是对我的职业有兴趣，聊备一格。我去是为了解闷，多认识几个朋友。但既来之则唱之，唱的次数多了，也略微有点长进，不那么“荒腔走板”了。但我始终有自知之明，不敢稍露一点嘚瑟之态。当杨洁老师一出现，我更是大惊失色，在她的面前，我只有老老实实地坐在一旁，静静聆听，等一歇（一会儿）有机会再上前请教。

我参加的票房中，有一家是由一些上海爱好余杨派老生的朋友组织的“亦社”，承这些朋友看得起，也要我滥竽其中。杨洁老师每次从北京来上海，至少要光临“亦社”一次，有时两次。事先“亦社”也会通知我非到场不可。杨老师果然不负众望，单说她的唱，一开口，其声腔字韵，俨然就是内行的风范。唱的时候偶尔做点小动作，也看得出是在台上历练过的。杨老师更是不玩则已，一玩就不肯罢休，唱了还要拉，拉过了还要打（鼓）。这本书中，杨老师自己也承认她的“唱一出，拉一出，打一出”已大大有名。其实照我看，还要给她再添一个“弹一出”（即弹三弦），弹起来也不止一出。这位老太太一进票房，就从来没有见她休息过，真正的好兴致，好精力。

现在读了她这本书，更让我体会到杨洁老师玩京戏还有深层次的含义，就是她具有一种乐观向上的人生追求。青年时代打篮球是一种追求，老年时代玩京戏也是一种追求。一个“玩”字有着咀嚼不尽的意味。因为是“玩”，在学戏的过程中，再吃多少苦，再受多少委屈，也不在话下。而且不玩则已，要玩就要玩出个与众不同的“花样经”来，不达目的，决不罢休。

我想，若论“花样经”的代表作就是书中杨老师叙述她不惜一切要在时间上精力上付出代价而终于完成的“抄书计划”。也就是杨宝森生前唱过的并获得声誉的戏，她杨洁也要唱一遍，一出不能少，共是二十九出。有的戏如《定军山》《战太平》等，杨宝森后来已不大唱了，或者说唱不动了，但是杨洁要唱。杨宝森唱不动她杨洁唱得动，虽然杨洁的年纪也不小了，正因为面对这种严峻的事实，杨洁更不能耽误，赶紧学，赶紧唱，完成对杨派艺术实在欢喜实在迷恋的心愿。看到杨老师在书中有关的文章，我真是从心底里佩服她，“人是要有一点精神的”，杨老师这种“玩票”的精神又岂止是“一点”，简直取之不尽、用之不竭。我更认为人有了这种“玩”的精神，活着也值了。

这本书还让我欣赏不已的是她文字的朴实，坦然无惧，有啥说啥，得意与失意，欢喜与烦恼，顺利与挫折，人家当面的揄扬与背后的讥讽，她都照实说，书中一点没有隐瞒。有人称她是“杨大胆”，是善意还是别的什么意思，不管，“杨大胆”就“杨大胆”，怡然受之，毫无愧色。在杨洁老师坦率的行文中，不时还流露出一点幽默，增添了文字的魅力，也显示了杨老师为人的性格，真女中丈夫也，女中豪杰也，我只有甘拜下风的分儿，别的也说不出什么了。

周信芳只有一个

原刊《新民晚报》

周信芳先生在很小的时候就先以“七龄童”后改“麒麟童”的艺名登台唱戏，闯荡江湖。在长期的演出实践中以独特的富有创造性的表演艺术赢得了广大观众的喜爱，人称“麒派”。到新中国成立后的十数年间，享誉之隆，臻于极巅。周先生本人既感欣慰，又觉不安。在我和他有限的私下接触中，我默察其神色之间，有时会掩饰不住一种难言的怅惘。这极有可能是我的“错觉”。但人的感情复杂多变，也是无可讳言的事实。

记得华东戏曲研究院庆祝建院一周年，那天下午，我也去“随喜”了。忽然在一个房间内，与周先生不期而遇。我立刻毕恭毕敬地向他问好，居然还斗胆地向他建议：可不可以演一次《桑园寄子》让我们饱饱眼福？因为久闻周先生演的邓伯道率领两个孩儿和弟媳在逃难途中攀山越岭时有令人炫目的“绝活”。周先生笑笑，说现在两个孩子的角色不大好找。接着又对我说：“你知道我最喜欢演的是哪一出戏？是《明末遗恨》，可他们就是不让演……”

《明末遗恨》演的是李自成攻陷北京，崇祯帝在煤山自缢的故事。在20世纪五六十年代，如有对崇祯帝略表同情，对李自成稍有不敬的言论，也被视为大忌，何况演戏。现在当然松动得多了。《明末遗恨》也可以演了。但演的多是“踏雪夜访”一折。其实好戏还有前面的“训臣”和后面的“杀宫”。崇祯死志已决，还怕妻儿等活着受辱，横着心提剑来到后宫先逼着皇后自尽，公主见状欲逃，被崇祯一剑砍断手臂。那种凄厉悲惨之状，影星赵丹看了，也不能不佩服周先生表演得出神入化，值得借鉴之处颇多。

周先生的学生不少，也有相当出名的。但你要问周先生，哪个学生是你最满意的？周先生总是笼统说一句：他们都不错。想想也只有这样说，否则突出了这一个，无意中就抑低了那一个，会产生不必要的误会。周先生又有过这样的表示：希望他们不要“丑化”我。意思是学麒不要表面化，甚至在动作上夸张成了“病态”。“为什么总让嗓子不好的人来学麒派？”这也是周先生时常感到困惑的。京剧的传统艺术体系是完整的，本无京海之分。周先生倒是喜欢同北方来的“角儿”搭班合作，比如花脸演员，他最欣赏的是裘盛戎和袁世海，认为这两人倒是他真正的知音，领略了“麒艺”的神髓。到了台上，烘云托月，你呼我应，又各显神通，反而比满台“一道汤”的“麒派”风味更见精彩。

对于儿子周少麟，周先生本不希望他学戏。因为“戏饭”也是“气饭”，而希望他好好读书。儿子在空闲的时候，如能手里捧本书在看着，父亲最高兴了。但儿子坚决要唱戏，没有办法，只好依从，请的教师却是唱谭派余派的产保福和陈秀华。

须知周先生早年也是学谭派的，还在“富连成”借读过。只是后来嗓音“塌中”（成人后突然沙哑），又长年住在上海，面对商业化的城市环境，他不能不在舞台上作些变通来适应市场的需要。那条传统的底线他是守住了的，创新也是万变不离其宗的。他一生演过好多新戏，最后流传下来的还是那几出千锤百炼的老戏。在我看来，《四进士》是不作第二人想的杰作（马连良是另一种风格，不谈）。学麒的人再怎么卖力，也演不出宋士杰那种熟谙官场世故的老辣之态，唯周先生独擅胜场。“麒艺”自会流传，后学者会有发展，但周信芳只有一个，这是没有办法的事情。

使人慑服的女人
——孟小冬

原刊《中国京剧》

余叔岩的余派艺术虽流传广远，现在的京剧老生演员都以归宗余派为自豪，但真正亲炙过余叔岩本人，成为他入室弟子的并不多。据我所知，有杨宝忠，就是后来因倒嗓改拉胡琴，反倒成了此中翘楚的那位。

还有陈少霖，陈德霖的儿子，余叔岩的妻弟，极有可能得到过姐夫的指点。

谭富英也来请教过。据说余叔岩看在他祖父的面上，倒很愿意倾心相授。但谭家当然要以谭派正宗自命，不能全走余叔岩的路子。

前几年刚去世、票友出身的陈大濩，对余派精研一生。当年他曾不辞辛苦，到北京后辗转托人说项，终于见到了余叔岩。此时余叔岩已病入膏肓，有气无力地对他说："你来晚了，我教不动了。”（大意如此）他只好废然而返。后来又听人说，当时陈大濩并没有见到余叔岩。两种说法并记于此，供参考。

李少春是正式拜过余叔岩，又正式学过几出戏的。但他以文武全才为号召，而且演武戏的时候又比演文戏的时候多，所以余派的唱，在李少春那里是听不出什么究竟来的。

真正把余派的唱发挥到一个新的水平，并能在一个极短的日子内，像时下某个巨星唱的流行歌曲那样风靡海上，而使原来许多学唱老生戏的人都心折而又慑服的，却是一个女人：孟小冬。

孟小冬出生于南方一个戏剧家庭——孟家。这个家庭的成员行当俱全，以前常在上海的大世界、先施公司的游乐场演出。我看过孟家班的戏，领头的叫孟鸿茂，我说不出他应该算哪一个行当，只晓得他卖座的戏是《欧阳德》，这是小说《彭公案》的一个怪杰，戴黑眼镜，穿皮马褂，手拿旱烟管，本事可大得不得了。好人在万分危急时，只要欧阳德一出现，立刻转危为安。

孟小冬大概是孟鸿茂的侄女儿，小时候也在大世界唱过戏，不久就成为很有名的女老生。据内行说，这时候的孟小冬，虽然嗓子好，扮相好，但是南方海派的味道，不正宗，也就是品位不高。如要修成正果，必须到北方去经受考验。孟小冬决心到北方去，她也知道自己的缺点，怕北京人嫌她是“野路子”，所以先投在谭派名票程君谋先生（电影演员程之的父亲）的门下。据程君谋先生对人说，把孟小冬的路子拨正过来，比教一个初学唱戏的人还要难。

孟小冬终于在北方（包括天津、北京）站住了脚，同时发生了一件影响她终身的事情，就是与梅兰芳同居后又分居。这件事为后来写京剧文章的人，尤其是写有关梅先生艺术生活时，怕有损他的盛名，都有意避而不谈。当代的京剧理论家徐城北写的《梅兰芳》一书写了这件事，不知反响如何。我现在也提到这件事，也许要受到某些人的指责。但我认为，写梅兰芳可以不提孟小冬，写孟小冬却不能不提梅兰芳，因为这一段很难说得清谁是谁非的恋情，使孟小冬本来就很倔强的性格变得更孤傲了。也许这又反倒成了她发誓要在艺术上狠下功夫，唱出自己的天下来的动力。坏事变成好事，否则就没有后来为京剧迷津津乐道的孟小冬了。

孟小冬请人向余叔岩表达了拜师的恳求。余叔岩看了她两天戏，竟欣然同意，说："我收了。"从此孟小冬就日夕守候在余叔岩的身边。想来余叔岩那时的教戏方式绝不像后来的戏校老师授课那样按时按刻的，而是精神一上来了，就说上一通（内行叫"说戏"），或者略微比划（做点手势动作）一下，重要的在于学戏的人自己潜心领悟。孟小冬晚年居香港，有不少人向她学戏，不知有没有人记录她当年在余门立雪的经过。要是有的话，真是戏剧界难得的珍贵史料。

孟小冬在余家的深造，成绩究竟如何？她终于交出了答案，就是 1947 年杜月笙过生日时演的那两场祝寿戏，与裘盛戎、魏莲芳、赵培鑫合演了《搜孤救孤》。那时我自然没有资格能得到中国大戏院的一张票子；哪怕没有座位，站在那里听一听也不行。那时我家甚至没有无线电，是到本弄一个亲戚家里去听现场直播的。听完了，我觉得我魂灵儿也随着孟小冬的声腔而去了，以后终日萦绕耳际的就是孟小冬唱的那段[原板]“娘子不必太烈性”。我还听人说，当孟小冬演出时，所有参加祝寿演出的名演员都站在后台，屏息静听。用不着再去问他们的观感如何，也许他们会感到无话可说，这其实就是一种暗暗心服的评价，不过不肯说出嘴来。

不知当时梅先生有没有聆听，恐怕他是绝对不到场子里去看的。祝寿演出的策划者也有意将他们两人的戏分开，不同台。但听听广播，至少也该有一点欣慰之感。

应该怎样来描述孟小冬那天的表演？我认为，笔墨是难以形容的，只有看过方能领会，至少也应该听听她的录音（已制成盒带）。我勉强可以说出这几点：

一、孟小冬是女人。女人唱老生，总难免有雌音；孟小冬没有，而且唱起来有力度，每个字咬得准，放得足，又摇曳生姿，所谓吞吐有致，犹如抛珠子，不是掼石头。

二、孟小冬的嗓子好，能唱到 E 调，学余叔岩，只能传其神韵，不能完全按照余叔岩晚年的唱法，该有装饰音也要有装饰音；该要在台上取得响堂的效果的时候，也要争取有效果。但整体是落落大方，浑成一气，丝毫没有故意卖弄的痕迹。

三、孟小冬每当唱的时候，台下几乎静得听不见一点咳嗽声。但一句或一段唱完，喝彩声如雷爆发，从头至尾，数不清有多少喝彩声。

四、与她配戏的名票赵培鑫，本来唱马（连良）派，至此改学余派了。

五、沪上各大票房，每逢聚会，竟是一片“娘子不必”声。孟小冬这次露演的颠倒众生，由此可见。

祭黄

原刊《新民晚报》

京剧名旦黄桂秋先生如仍健在，今年（1986 年）应是他的八十诞辰。

那天晚上，黄桂秋的夫人李慧琴，特地举行了一次简单的家祭。她知道黄桂秋生前同我有过来往，有两年还比较接近，便也邀我参加。清香一炷，果品数盘，往事萦怀，天人永隔。望着黄桂秋笑容可掬的遗照，包括他的学生在内的几个致祭者都不禁涌起一阵凄怆，李慧琴更是悲不自胜，岁月的流逝，仍未能稍稍淡化她对亡夫的思恋之情。

李慧琴是越剧名旦，五十年代初期，因为爱好黄桂秋的艺术而同他结识，迭经波折，才在 1968 年正式结为夫妇，谁料黄桂秋肺部的隐患也从这时起一发而难以治愈，直到 1978 年去世，总共十年，李慧琴所能享受到的夫妻生活，只是任劳任怨地看护了一个因疾病的折磨，境遇的拂逆，变得暴躁易怒的老人。这大概也是一种爱情的升华。有人认为李慧琴牺牲了个人的幸福，有人认为幸福即是牺牲。

约莫黄桂秋去世前两个月吧，我去看望过他一次。他那样子，其实已经病入膏肓了，但总得想些话来安慰他。我就说："您想吃什么就吃它一点。"他说："吃哩，怎么不吃？慧琴每天想法子变花样，饺子、烧饼……可我就是吃不下。"沉默片刻，他又说："我这病，亏得慧琴了……她真是前世里少欠我的。"

又听说有一晚，黄桂秋的大便失禁了，满地狼藉，他还要发脾气，怪李慧琴没有早作好准备。等李慧琴收拾干净，服侍黄桂秋躺下之后，他忽然拉住她的手，大哭起来："你怎么不骂我呀？你骂我吧，狠狠地骂我吧，让我的心好受一些。"

现在李慧琴对我们说："对于他，我什么都能原谅。再说，他从前也并不是这种样子的。"

是的，想从前，我第一次见到黄桂秋的时候，他头戴皮帽，身穿蟹青色的长袍，潇洒而稳重，像个旧京的名门世家子弟，不像个唱戏的，也没有演惯了旦角的女人气。他第一次同我的谈话也不是戏，而是京沪两地的风土人情，还同我谈了书画，谈了唐诗。

想从前，那是敌伪时期，黄桂秋组班在更新舞台（即现在的中国大戏院）演出，我记得老生是贯大元，小生是江世玉。我有个父执，同黄桂秋是好朋友，每天订了座位。有时他自己不去看戏，就把票子给我，隔三四天便轮到一次，因此黄桂秋演过的一些老戏，还有他自编的一些新戏如《蝴蝶媒》《秋香三笑》《芦城侠侣》等，我全都看了。此后他又和周信芳先生等合作，从三十多岁到五十岁，该是他艺术上最为得心应手的时期，唱腔真如行云流水，荡气回肠，更在清甜柔婉之中保持一种刚劲之气，可能是他老师陈德霖的风范。但晚年的黄桂秋限于体力，行腔已不能一气呵成，便借助于技巧，用短促的发声来弥补缺陷了。

也不仅是黄桂秋，几乎所有的京剧表演艺术家到了老年，艺术修养更高深了，舞台上的表现往往心有余而力不足，比如国画，只能意到而笔不到，这在艺术家本身是无可厚非的，甚至是一种风格，年轻的后学者却不应只模仿这种老成之态而约束了青春的活力。

走笔至此，家人拨开收音机，忽然听到一段熟悉的京剧青衣二黄慢板："出门来，羞答答……"这不是黄桂秋唱的《春秋配》吗？在凝神品味之后，我又想起了在那次家祭中同李慧琴的谈话。

我问李慧琴，可不可以这样说，黄桂秋的一生并不完善，但是一个真实的、有情趣的，可以与之交朋友的人。更何况他对京剧的旦角表演艺术作出了人所共知的贡献，他会活在黄派艺术爱好者的心中。

老去消闲可听书

原刊《新民晚报》

近来成了“乡音书苑”的座上客，一星期一次，听秦建国、蒋文说《玉蜻蜓》，陈希安、郑缨说《珍珠塔》。有次我还约了一位青年朋友同去。他对评弹不一定有浓厚的兴趣，却坐得住，听得下去，也有所会心。他说，《玉蜻蜓》《珍珠塔》这些故事，人们已经熟得不能再熟了，现在听起来还是那么津津有味，为什么？就是为了欣赏演员的说唱艺术。

他又说，再也没有像书场那样把演员和观众的距离安排得这么贴近了。台上台下，几乎是浑然一体的，听书的味儿也就在此。

我觉得，这位青年朋友对中国传统艺术的态度是比较客观的，也是肯花点心思作点探索的。不是一概地嗤之以鼻，笼统地说一声“过时了，没有人看了”，以为只有迪斯科、摇滚乐才是合乎时代潮流的。而另一面，我们有些老先生也太偏执了一些，一开口便是笛韵弦声，轻颦浅笑，这才称得上是雅人深致，富有文化气息。而对迪斯科、摇滚乐，一概斥为低级庸俗。偏生现在的青年人又不大服帖，附带地还产生了一种逆反心理，你认为好的我偏说不好，你认为不好的我偏要说好，又怎样？

其实彼此都不妨宽容些，是好，还是不好，看了再说，听了再说，想了再说。

话扯远了。且说这次听陈希安，我不时还浮起了前尘似梦之感。当年，陈希安是上海评弹团建团时，敢于抛弃优厚收入的十八勇士中的年龄最小的一位。近一二十年这十八勇士先后退隐的退隐，故世的故世，剩下这位陈希安，如今也年逾花甲，决定告老了。可是在我看来，他依稀还是少年时的袖珍模样，嗓子还是那么游刃有余，唱“七十二他”和“十八因何”，一气呵成，显示出从小扎下的根底，到老还是管用的。

郑缨是陈希安唯一的女弟子，这是一位在近年评弹式微声中，能坚定信念、坚持实践，并已取得观众认可的青年演员。《珍珠塔》这种书，说一回也不过是那么一点情节，全靠说表、唱篇来刻画出书中人的意念和心情，抓住观众的注意力，现在看郑缨同陈希安在相互配合中，已显得颇有神韵了。

秦建国和蒋文更是颇有潜力的后起之秀。那天散场后，我斗胆向秦建国提了一个建议，就是他正处在青壮年时期，本钱（嗓子）够，中气足，应该把握这个“优势”，演唱时何妨发挥得更加淋漓尽致一些。现在的青年演员学的多是前辈的晚年风范，在意境上是更深一层的，但也拘束了青年人的活跃性。问一问老师在青壮年时又是怎样兼收并蓄，敷陈排比的，不无有所启发。

听说下一期是张振华和庄凤珠，郭玉麟和史丽萍两档，说的都是《神弹子》，而张振华和郭玉麟又是师徒，前后呼应，想必生动。如有闲暇，当再去观赏。在上海，一个上了年纪的人的不太费力的消闲娱乐，也无过于听书了。

我听赵开生

原刊于赵开生在昆山演出特刊

听赵开生先生的书，始于上世纪六十年代初。他那时说的是新书《青春之歌》，与石文磊女士合作，颇有声誉。但我听的次数不多，兴趣也不大。现在可以“坦白”了，我认为杨沫的小说原著思想有些偏激，写人说事，都不太使人信服，比如对余永泽这人的评价。“文革”以后，杨沫本人也有些懊悔，听说是准备修改此书，是否已经修改了，我不去关心了。

可是赵开生将此书改为长篇弹词演唱，是有声有色的，余永泽的形象在他的描摹下，那种安于现状，沉湎于温暖小家庭气氛的知识分子味道，触手可及。石文磊的表演也不错，一心追求革命的林道静的神态，栩栩如生。新书不比旧书，底子薄，不容易说好，更不容易讨好，但赵开生和石文磊说的《青春之歌》，取得了相当的成功。

赵开生在六十年代另一个很大的贡献是为毛泽东《蝶恋花》词

谱曲，经余红仙的演唱，风行全国，传唱至今，其享有的荣誉在很大程度上是政治因素起作用。但我不能不赞叹赵开生的音乐天赋，还有他对弹词唱腔韵律的把握既准确又灵活，余红仙唱得再怎样流光溢彩，还是赵开生在声腔上的新颖创造为她提供了飞跃的平台。

至于我个人对赵开生进一步的认识，是一次偶然去乡音书苑听书而结下的缘分。我已记不清是八十年代还是九十年代哪一天，听的是赵开生和郑缨合说的《文徵明》中的一折，情节简单得不能再简单，明朝才子文徵明不知怎么一来被藏到了一个箱子里，又不知怎么一来误抬进了某大户人家的书房。文徵明从箱子里钻出来了，想要溜出去又不知如何出去……短短的个把小时吧，我被“镇”住了。不是赵开生在书台上要了什么特别的花招，而是他娓娓道来，细细表述所造成的那种“静”的气氛。也不止是我，全场的听众都屏息凝神，跟着赵开生的口讲指划，进入了书中的那个特定的境界。当时我就想，当今社会浮躁之风颇盛，使人不得安宁，何妨抽空来听一回书，享受一点“静”的乐趣，过滤一下也许变得有点烦躁的心情。

评弹有四大功能，说、噱、弹、唱，说又是占首要地位的。现在书场内这种“静”的氛围是怎样形成的？无疑是说书人“说”的魅力抓住了听众的心神，我并不认为赵开生的说功已经好得不得了，但他确实下了苦功。下苦功也不容易，首先要耐得住寂寞，受得住清冷，排除外界一切急功近利的干扰，认定自己的专业，穷研不舍。也许会被人看作有点“傻”，有点“戇”，最终却取得了经得起评估的成就，时间也会作出公正判断的。

这就要说到他的代表作《珍珠塔》。在苏州弹词的传统书目中，《珍珠塔》堪称历史悠久的“王牌”。就像昆曲中的《牡丹亭》，是对演员功力的考验。上世纪五十年代初，能说《珍珠塔》的有九十档之多，出名的也不少，但在听众中享有声誉，并留下较为深远的影响的又是谁呢？以我有限的识见，能说出名字的如沈俭安、薛筱卿、魏含英等，出道稍晚一些如周云瑞、陈希安、朱雪琴、郭彬卿等。他们具有一种“大家气派”，是胜过其他某些“响档”的地方。岁月无情，如今健在的只有陈希安，他已进入耄年，息影了。赵开生是周云瑞的学生，他真正专心致志地说《珍珠塔》，大概是从八十年代开始的。论年龄，他现在也七十开外，不是后生了；论说《珍珠塔》而发挥的才艺，却令人耳目一新，且不脱前辈的风韵，光是在台上一坐，就不得不承认现在只有他来承前启后了。

当年梅兰芳先生对戏曲改革曾提出“移步不换形”的主张，遭到了围攻，其实是颠扑不破的“真理”，至今愈显可贵。赵开生说《珍珠塔》，我认为符合了“移步不换形”的要求，所以为听众欢迎，主要表现在：

一、《珍珠塔》是一部封建意识很浓很浓的老书，完全照老一套说，现在的听众肯定觉得有点刺耳。赵开生的头脑是清醒的，出言吐语是经过一番细心斟酌的。他也不摆出一脸的所谓“批判”姿态，满口的“新名词”。他还是依据《珍珠塔》原有的书情事理铺陈排比，但细细辨味，新意盎然，从现实生活的角度剖析古人，但不强求古人现代化，这就是老书新说，老与新又是浑然一体的，不露拼凑痕迹的。

二、着重刻画人物。比如《珍珠塔》中有三个老太太，即方卿的母亲——肚子里有学问的方太太、势利姑母陈太太，还有自以为是硬要把女儿嫁给方卿的毕太太。她们各有各的身份，各有各的脾气，各有各的风度，同属“老旦”的行当却有不同的形象表现。我敢说，赵开生对此是比前辈们更用了心思的。

三、弹唱的韵味，基调是老师周云瑞的，但赵开生唱来似乎要刚劲一些，清亮一些。赵开生显然依据自己的条件，并吸收其他前辈名家的一些“俏头”，加以糅合、融化，在行腔上多了一些高低疾徐、抑扬顿挫的变化，整体的风格流畅自然，又铿锵有力，感情的色彩也加重了，听来是很舒服悦耳的。

我这样说是“过誉”了吗，也许有点偏爱吧。我和赵开生交往很少，却约略知道一点他的为人，好像有点孤傲，倔脾气，认准了要做的事，一门心思地做下去而无反悔，这恰好有助于他这些年对于《珍珠塔》的潜心研究。已经取得这样的成就了，年纪也有一把了，还在那里“磨”，在那里“钻”，痴迷不改，只有祝他身体健康，精神健胜。也祝这一次的专场演出取得圆满成功。

希望于蒋云仙大姐

原刊《蒋云仙书坛生活四十周年纪念特辑》

这不过是篇小文章，但是也够伤脑筋的。面对这一小叠稿纸，我怔怔地，呆呆地，不知如何下笔才是。

我同蒋云仙是熟识的，但还谈不上有什么深厚的交情，她的事情知道得不多，表面看人，便下断语，常常是不妥当的。

她的书陆陆续续也听过不少，但从来也没有从头至尾地听过一个完整的篇章，对她的书艺，便也说不出一个完整的概念。

虽然如此，她给我的印象还是非常强烈的。因为她有着相当高妙的表演才能，在台上撒得开，又拿得住，说放就放，说收就收。这是女弹词家难得的本领。评弹女演员一般只能充当下手，起配合作用；放单档或做上手就要能驾驭书情的发展，碰到没有“关子”的“弄堂书”也要说得台下的听众兴趣盎然，仅仅会唱两句，即使音腔婉转，也够不上弹词家的称号。蒋云仙早年曾与祝逸亭合作，充当过他的下手，就显露了她的锋芒，是可以独当一面的不羁之才，她后来所走的道路证明了这一点。

在蒋云仙四十多年的艺术生涯中，她究竟说过多少部书，那是只有她自己才统计得出的。我听过的有《皇帝与妓女》（与祝逸亭合作）、《琵琶记》、《啼笑因缘》、《野火春风斗古城》等。这里我要特别说一说《琵琶记》，这是一部传统题材的新编书，是已故的姚苏凤先生改编的。姚先生是我的老同事，与我谊兼师友。在五十年代，由于工作关系，他与评弹界常有接触。这部弹词《琵琶记》，他写得很有风采，但拿到舞台上来实践，却未必是能在听众中激起热烈反响的成功之作。这有两层原因：

一是限于《琵琶记》原著封建性的内容，蔡伯喈和发妻赵五娘，后妻相国千金小姐之间的矛盾，按照现在的思想要求，你怎么改也不如原著那样自然浑成；而且整个故事情节也比较单一，牵涉的社会面不广，因而也热闹不起来。

二是蒋云仙的性格特长，说这样的"文书""冷书"，好像有力无处使的样子。我陪着姚先生听过几回，只觉得蒋云仙拘束得慌，一点也不活；而蒋云仙说书，用评弹的内行话来说，正是个"活口"，此刻真正地被捆住了。当然，这是我作为听众的观感，是否说到点子上，那要问蒋云仙本人了。

那么，蒋云仙说什么书最拿手呢？毫无疑问，自然是《啼笑因缘》。它所以适合蒋云仙，我以为有这样几个特点：

一是不仅仅是情节颇有戏剧化，更在于描写了三教九流的社会各个阶层，这就给说书人以很大的创造天地，可以尽情地借题发挥了。

二是人物众多，且都有代表性，如卖艺女、大学生、交际花、鸦片鬼、老妈子、军阀、侠士等，神态不同，口音各异，对蒋云仙这样擅长方言的女演员来说，正是得其所哉。

三是故事的背景是现代，和演员的生活接近，在表演时可以借鉴于话剧、电影，为评弹增添声色。这恰恰又是蒋云仙一向主张最力，又身体力行的。

有了说《啼笑因缘》的底子，蒋云仙后来编说新书《野火春风斗古城》，便也比一般人说多了些可咀嚼的地方，多了些可使解颐的趣味。

由此我想贸然地、非常主观地下一个结论：蒋云仙的表演才能是多方面的，能说古代书，也能说现代书，两相比较，我认为她说现代书更能得到施展。可惜她已退休，虽然不时还在参加各种名义的演出，但盛年已过，又没有非完成不可的任务压在肩上，你要她再“呕心沥血”地从事现代书的创作，未免不近人情了。除非她自己有那个兴趣。听说她已完成了《啼笑因缘》的续集改编工作，并让沈凤喜又得到她应该得到的幸福，这是我们中国人渴望大团圆的传统心态，也反映了蒋云仙自身对于幸福的追求。

但是，我仍然希望蒋云仙在尽情“安度”（用这个词是否太老气了点）退休生活的时候，在驾轻就熟地说她的看家书《啼笑因缘》之余，把眼睛注视着当前的社会，这真是一个无限广阔的生活源泉。对蒋云仙来说，还有好多是她熟悉的各种人物，如果加以选择、提炼、加工，至少可以写出不少生动有趣的评弹短篇。或者她自己说，或者供别人说，其作用恰如报上的小品文，更何况她是立体的，有声有色的，其受人欢迎的程度，也是可以想见的。

我这样说也是有根据的。因为蒋云仙现在也喜欢在报上写点小文章，以抒发一时的感兴。既然如此，何妨再花些功夫到评弹现代短篇的创作上来，在蒋云仙还是优为之的。因为我们的时代，需要这种针对现实的作品，更何况也丰富了评弹的演出曲目。不必考虑这种作品是否能流传久远，只要能在一个短时期内激起影响，也是在历史上留下了抹煞不掉的一笔。

责之蒋云仙大姐（最后这样亲热地叫上一声，否则太不礼貌了），以为如何？

久违了，评剧

原刊《新民晚报》

听说今年上海艺术节展演的民族戏曲中，有两场是特地从天津请来的评剧，真是久违了，如果我的记忆不差，总有几十年没有来过上海了。评剧是京津河北一带流行的古老剧种，演出形式跟京剧差不多，风格略显粗犷而奔放，说白了就是“野”一点，这恰恰是她吸引人的特色。

我小时候就已听说过这个戏，但那时上海人管它叫“蹦蹦戏”，老版本的“大戏考”里也是这么写的，常演的剧目是《马寡妇开店》等。但地道的北京人会纠正你说，这不叫“蹦蹦戏”而要叫“落子戏”，这里究竟有什么区别，我也弄不懂，要请教研究戏剧的专家。反正现在统一口径，叫“评剧”。就像上海的“沪剧”，以前有叫“申曲”的，有叫“本滩”（本地滩簧）的，现在都不算数了。

也是在我小时候就听说过两个评剧女演员的大名，一个叫白玉霜，一个叫朱宝霞。这里还夹杂着她俩的一些“绯闻”。我家亲友中的一位长辈捧过朱宝霞，还引起家庭纠纷。这我也是听说，没有向这位长辈证实过。白玉霜的事情说起来有点把握。捧她的人是我的朋友马炯南先生的长兄，叫马勤伯，人称“长脚小马”，上海滩上有名的“小开”，因为马家早先是福州路吴宫饭店的主人。马勤伯在“小花园”定做了绣花鞋送给白玉霜，一送就是两打，二十四双，这话是马炯南告诉我的，不会有假。

“小花园”位于浙江路汉口路九江路这一带。那里早先除有鞋子店，还有西服店。西服做得不上品，但做中式的马裤呢、大衣还是蛮有生意的。

听说白玉霜的唱，嗓音不是很高但有磁性，很诱人。她大概也会唱京戏，我看过一张《戏叔》的剧照，她演潘金莲，京剧麒派老生高百岁演武松。

白玉霜之后有小白玉霜，真名李再雯，是新中国成立以后评剧界的代表人物。上世纪五十年代中的某一年，小白玉霜和众多的文艺工作者受到毛泽东的接见。毛泽东握着小白玉霜的手问，老白玉霜怎么样啊？如要证实此事，可查当时的报纸。

1950年冬我到北京采访，曾去看了小白玉霜主演的《秦香莲》，印象中她演得很悲壮，感情的表达更激烈一些。须知《秦香莲》也是评剧的一出骨子老戏，也叫保留剧目。

要说比较熟悉的评剧女演员就是新凤霞了，这全是吴祖光的关系。祖光是剧作家，也是新民报的老人，解放前报纸副刊“夜光杯”最早即由祖光主编，是我的前辈。我们尊敬吴祖光，连带地也尊敬新凤霞这位贤惠的嫂夫人。

新凤霞的可敬之处，还在于1957年吴祖光遭难之后，有某当权者曾硬逼着她离开吴祖光，划清界限。凤霞顶住压力，硬是不从，因而也受到了歧视。“文革”中就更不用说了，她落下了肢体偏瘫的后遗症，不得不告别舞台。

令人意想不到的是，新凤霞凭着她特有的聪明和毅力，竟然在写作上焕发了光彩。她文化程度不高，不会做文章，但是会写真实。她写的全是亲眼看见亲身感受的真实。人物、事件、细节，无一不具体而可信。她当然知道哪些话该说，哪些又不该说，但能说的都是真话，一篇又一篇，“夜光杯”也发表过不少。我印象较深的是写她和溥仪在一块劳动的那几篇，真把一个落魄的末代皇帝写活了。

我看新凤霞的戏是在1955年，她随中国评剧院来上海演出。凤霞演《刘巧儿》，这是她的代表作之一，灌有唱片。凤霞的唱有创新，比较花俏，人称“新派”。

逝者已矣，希望在新的一代又一代。听说这次天津来的评剧女主角曾昭娟青春靓丽，凡是头一次看了她演出的人都有“惊艳”之感，想来这不仅是指她的容貌扮相，也指她的表演，让人意外地满心欢喜。老话说，十年能出一个状元，不一定能出一个戏子。这个“戏子”必定是天赋加功力努力和机缘都凝聚于一身的佼佼者。欣慰之余，戏改两句宋词：众里寻她千百度，蓦然举首，那人正在灯火辉煌处。

《徐策》又从天津来

原刊《新民晚报》

听说天津河北梆子剧团又要来上海演出了，我不禁有点浮想联翩，不知对不对，就是今天的戏曲在不少地方都有点“遇冷”的情况下，独有天津的观众对戏曲的爱好仍然热情不减。现在有好多戏曲名家都出自天津。京剧就不用说了。比如曲艺（大鼓、相声等）自骆玉笙（小彩舞）、马三立之后，由老到小，在天津立足享名的又有多少？又如评剧，去年来了个新秀曾昭娟，引起人们的“惊艳”。据我所知，还有王冠丽（可能记忆有误），早就是此中的领军人物。已故小白玉霜的许多演剧录音都由她配像。有一次我还在电视里看她唱大鼓，师从骆玉笙，其造诣可是不含糊的。说到河北梆子，使人顿时想起那位把演剧看得比天还大的女中豪杰裴艳玲，当然她已经老了。 再往前追溯，京剧四大名旦之一的荀慧生最早也是唱河北梆子的。

在某种程度上说来，河北梆子与京剧也是一脉相通的。 演出形式几乎没有什么明显的区别（指传统戏），就是唱腔比较高亢、粗放，表达人物感情表演直露，爽快一些。 这次来的一位主要演员王少华是唱老生的，家学渊源。 他父亲王伯华在世时悉心研究做功，凡是别的剧种的名家在这方面有特长的都要登门求教，把本事学到手。 听说他要帽翅的功夫就是向山西蒲剧名家张庆奎学来的，经他自己刻苦研练，把帽翅要得出神入化。 单翅双翅，前后左右，忽上忽下，变化多端。 他演的“跑城”则又体现了京剧麒派的风韵。 传到他儿子王少华演出此剧，曾经特地来到上海向几位麒派名家讨教过。 我以为麒派的“跑城”，看上去是展现走台步的功夫，或疾或徐，或张或弛，其实也是一种舞蹈。 曾经听说周信芳先生当年就把交际舞“华尔兹”的步法也糅合了一点进去。 这还在其次，更重要的是能表现出当时徐策兴奋而又复杂的心情，世代忠良的薛家后代终于领兵前来申冤了，当年自己牺牲亲生儿子换了薛家独苗的苦心终于得到偿还了，万恶的奸臣张泰要完蛋了，昏聩的皇帝如再不醒悟的话那就听凭薛家兵马在京城闹翻了天他也不管了…… 既要跑又要唱，在京剧里这段唱很吃重，河北梆子想来也是。 总之这场戏是对演员功力心力外加体力的考验，王少华正当盛年，一定不负众望。

整出的戏原来叫《薛刚反唐》，现在改名为《徐策》，也好，因为戏从头到底是徐策这位充满了正义感的老丞相在逆境中起了力挽狂澜的作用。“跑城”之前，应该还有两场重头戏，即“法场换子”与“举鼎观画”。在京剧里，这是谭余派老生的代表作，尤其是“法场换子”里的大段“反二黄”，要自始至终唱得神完气足、力度不减是很难做到的。近年只见王珮瑜唱过。不知河北梆子唱来又是怎样的风貌?

在京剧里，从前把“换子”“观画”“跑城”连在一起演，前面再加上“闹花灯”后面加上薛刚兴师等情节统称《薛家将》，是聚集了众多好角儿的群戏，很热闹。还有《杨家将》《岳家将》等，都反映了中国古代爱国将领虽有赫赫战功，却因奸臣陷害、昏主信谗落得家破人亡的不幸遭遇。人们爱看这样的戏，是因为怀有才艺的演员都能在戏里各展所长，唱是唱、做是做、打是打，非常过瘾。还有就是能回顾历史，体会人情，想想蛮有意思的。

刘老之忆

原刊《纪念弹词艺术家刘天韵专辑》

提起刘天韵同志，我的眼前立时出现了一个劳动人民的形象，那是刘老生前在一部书戏《三雄惩美记》中扮演的一个三轮车夫的角色。

《三雄惩美记》在当时起过宣传抗美援朝的作用，却不是上乘的艺术作品。然而，刘天韵的表演却是使人难忘的。我记得刘老演的那位操苏北口音的三轮车夫，在控诉美帝暴行时唱“乱鸡啼”调，几十句一气呵成，快要结束时突然将衣褂一掀，露出胸口的一大张膏药，那是被美国水兵打伤了的标记，好像特写镜头一般鲜明、强烈，台下轰动了。

据说刘老接到任务后，一连好多天的上午，同聚集在他家弄堂口的三轮车夫混在一起，打成一片，有时还踏着三轮车在附近兜一圈，从感情上理解了三轮车夫的生活疾苦，因此他塑造的角色，不仅是外形上的像，而且有内涵的真，这就不是一般的艺术造诣了。

我们也许还不能不想起《小二黑结婚》中的三仙姑，又是活灵活现的一个艺术形象。三仙姑不能算是一个坏人，但愚昧、封建、装神弄鬼、贪财好货，有时可恨，有时又可怜。刘老的过人之处，就在于能恰到好处地掌握好这个角色的个性，生动而有深度，不是仅靠夸张的动作来取悦听众的。听说刘老为演好三仙姑，曾特地在常州乡下找到一个巫婆，转弯抹角地想把她那一套骗人的把戏了解透彻，不想被她发觉而避开。刘老未能完全如愿，但说明了他艺术态度的严谨、认真，重视从生活中汲取营养，并不因为已经具备了老祖宗传下来的看家本领，就心满意足了。

刘老生前，同我是熟识的，但私下的交往不多。在我同他不多的接触中，强烈地感觉到他在竭力要把自己从一个旧艺人变化为一个新演员——他确确实实地是在追求"人类灵魂工程师"这顶桂冠。因此，说话、行动、处事，都很谨慎、克制，甚至使我感到有些拘谨。

我还听刘老的大弟子谢毓菁兄说，刘老在旧社会曾经一度染上过嗜好，当他一旦发觉自己受此牵累而濒于毁灭时，就毅然决然地进行戒除，一个人关在空屋里，忍受了几天几夜像数万根钢针在周身的骨髓里猛刺般的煎熬折磨，终于"脱胎换骨"，精神一新。现在人们纪念前贤，都喜欢拣好听的说，而且任意拔高，似乎一出娘胎，就有惊人的特异，以后的成长也是超于时代，高于现实，丝毫没有缺点的。相形之下，我举的这个例子，未免亵渎了刘老吧，但我认为：人生的道路是曲折的，在关键的时刻作出正确的抉择，更显露了一种性格上的光彩；遗留给后人的，更真实，更可信，也更容易借鉴，更容易继承。

祭天老

原刊《纪念评弹艺术家刘天韵诞辰九十周年专辑》

当年听刘天韵先生的书的次数并不多，但每听一次，他刻画书中人物特有的表演，总会让你久久不忘。

最初的印象，是他与谢毓菁拼档说新书《小二黑结婚》所起的那个三仙姑的角色。三仙姑不但封建迷信思想严重，而且本人也在搞封建迷信活动，却又不能说是一个“坏人”。在这一点上，刘天韵把握得相当有分寸，给人的感觉是可气、可笑，亦复可怜，真正把一个愚昧无知又自以为是的旧社会妇女的本质给揭示出来了。

我们常常评价一个演员的表演，说他是“活曹操”“活孔明”“活武松”等，什么是“活”？我以为并不是他卖弄了多少技巧，运用了多少夸张的形体动作，而是他恰到好处地发掘了人物性格中不易为人觉察又是最能说明问题的一面。唯有表现了这一面，观众才会感到他演像了某人，演活了某人。比如武松此人，别的演员都在“狠”字、“勇”字上下功夫，盖叫天则独辟蹊径地强调武松的“冷”。“冷”者，冷峻也。“冷”字看上去好像并不

“活”，实际上这才是真正的“活武松”。

据此，我们当然可以说刘天韵是活的“三仙姑”，也不止是三仙姑，还有活的老地保、活的钱笃笤，甚至演《三笑》中船夫米田共等也栩栩如生，总之，像这一类善良的、忠厚的、富有正义感的，但举止行动又有点怪异的小人物，刘天韵都如闻其声、如见其人地创造了“只此一家”的典型。我也不是说别的“说书先生”没有这个能耐，而是刘天韵的表演给人的印象特别真切。在我想来，刘天韵早年观察和体验这种阶层人物的生活不仅相当深入，而且水乳交融，近于同呼吸、共命运。他在解放后的翻身感所以特别强烈，这也是很重要的原因。

说刘天韵生前的表现艺术，着重在刻画小人物的出神入化，是不是贬低了他的水平？我认为不是，京剧萧长华先生演的是丑角，而且常常为梅兰芳当配角，但内外行并不因此稍减对他的尊敬。如果这个例子仍嫌不够说服人，那么卓别林不正是因为演活了小人物的无奈和悲欢而博得了喜剧大师称号的！

刘天韵先生在世时，我虽同他相熟，但相交不深，私下很少来往。只在六十年代初，他毅然决然地送那个智商较低的儿子赴新疆时，我到他家里采访过。我那时也是只图完成上面交付的要宣传好知青支边的任务，以为抓住了这样一个动人的典型，可以大做文章一番。其实我默察“天老”（内行对他的尊称）是有难言之隐的，但碍于他当时的地位，又不能不做出榜样。老先生是否因此在精神上受了压抑而影响了健康，不敢妄说；但我如今回想起来，深愧自己的浅薄，在报道中一定有些话说得不够实事求是，在纪念天老九十冥辰的今天，作此反思，以祭天老在天之灵！

探监

原刊《新民晚报》

解放初期，我跑过一阵政法新闻，经常出入于法院、公安局，还到提篮桥监狱去窥探过“秘密”。想在这里找到一点社会新闻的材料，估计读者是感兴趣的。

1951年岁末，监狱里关进了一个大学生，姓翟，犯罪的原因是他醉心于美国的资产阶级生活，花天酒地，钱不够用，便抢劫了一家人家。他的资本家父亲发觉后，主动向公安局出首，将他捉拿归案，判了徒刑。案子有些情节，当时又值抗美援朝的高潮，要宣传对美帝的仇恨，有位著名的评弹艺人（即蒋月泉）就想把这件案子改成一个短篇弹词，在春节会书时演出。但是单看报上的材料不行，最好找这个大学生本人谈一次，好得到一点感性认识。便由我做联系人，征求了监狱方面的同意，在一个严寒的上午，我同这位艺人来到监狱。这里的负责同志为我们找了一个僻静的房间，先等候着。

不一会，那个大学生自己走进来了，他上身穿的是一件西装外套，里面是一件绒线衫，下身是一条显得有点短小的裤子，头上戴了一顶圆形的毡帽，皮肤黑黑的，脸型长长的，身体很结实。大概监狱方面事先已经告诉了他，所以他见了我们，表情也很自然，嘴角还微露一丝笑意。我们将来意说明，他点点头，“噢”了一声，就谈了起来。谈得很坦率，具体谈些什么，我记不清了，只觉得他确实是很悔恨的，虽然只抢劫了一次，但一失足成千古恨，一生就此完了。我们安慰他说，只要认真改造，将来还是有前途的。他连说是是，但嘴上这样说，心里并不相信，这一点我们看得出来。不过，他又说监狱里的生活要比他想象的好得多，解放军同志对他并不疾言厉色；在一定的范围内，他可以自由地走来走去，还能做墙报的编辑工作。他自己也晓得，他同那些反革命的罪犯是不同的。

又过了些时日，监狱来通知我们记者去参加一次送别集会。是有一批罪犯因为表现较好，可以放到外边的一个农场去劳动，也就是说，可以在更大的范围内自由活动，看到的蓝天，不仅仅是铁窗口那一小块了。那个大学生作为留在监狱的罪犯代表在会上致辞“欢送”，他说了没有两句，哭了。我奇怪，上次他同我们谈话时，一滴眼泪也没有，怎么现在如此伤心？想了一会才悟出，他是触景生情，渴望自由。此时他更清楚地看到了一时失足的代价，他丢失的最宝贵的东西就是自由。

攀附侯宝林

原刊《大公报》

今年夏天，因为给所编的《艺术世界》组稿，从上海到北京去了一次。现在的北京，铄今震古，轮不到我再来多嘴了。但是，在北京看了一些二三十年未见的文艺界朋友，勾起了一些回忆，便觉得也有点文章好做。当然，这种文章也不过是茶余酒后的小东西，聊博一粲而已。

我要第一个攀附的朋友，谁呢？侯宝林。

这位鼎鼎大名、红得发紫的人物，虽然过去有一段时期同他混得极熟，可是分别了这么多年，你晓得人家是什么心思？意外的是我在去京之前，忽然接到他托人转来的一封信，说他曾经向女演员陈正薇、徐丽仙等打听过我的下落，未获，现在总算有点影子了，叫我马上写回信去。

用不着回信，我人来了。那是一个细雨萧瑟的星期天，全国人大休会，他回家休息，前脚进门，刚刚坐下，我后脚跟进，巧得很，像事先约好了似的。

他上身穿着白衬衫，下身是草绿色的西装裤，料子自然都是“的确良”。人长胖了，但没有一点老态，只头发略为有几星霜花，看得出是一种心境宽舒的样子。他的夫人正在给他端酒菜，也还是像早先那样讲究打扮，对我说：“老侯倒是常常惦记你。”这样的话，使我只有感激的分儿，情不自禁地冲着她直喊“大嫂”，又不禁想起 1951 年，侯宝林到上海拍电影《方珍珠》，来了没有多久，这位大嫂便追踪而至的情景。

我们那天的闲聊，也许有这样一个内容是读者感兴趣的。侯宝林说，自从 1955 年以来，他先做政协委员，后做人大代表，每次开会，他只做三件事，就是举手、拍手、敬听。但这一次参加五届全国人大，他开口了，提了四个提案。这说明了什么，似乎没有注解的必要了。

张鸿声说书

原刊《大公报》

纪念评话艺人张鸿声艺术生活六十年的演出在近日举行，我听的一场是《英烈》四回，由张鸿声同他的侄子张效声，学生朱庆涛、周强或分或合，演说了那个已经成为人物典型，粗中有细、憨中有巧的“福将”胡大海的惊险奇遇。

作为评弹的听客，我的资历是很浅的。就拿《英烈》这部书，我没有见过比张鸿声更老的前辈风范。张鸿声被称为“飞机英烈”，现在人们都认为这是褒词，据我了解，早年也有“贬意”，因为他说书的节奏比较快，而且精神饱满，声音洪亮，着力于角色的描摹，赋予一定程度的夸张。而一些习惯于慢条斯理，硬把一回书拉得很长，名为细腻，实则拖沓的行内行外，就觉得张鸿声有点“出格”了，“火爆”了，殊不知这正是他能够走红的原因，他让许多很少听书或从未听书的人产生了兴趣。也可以说，自张鸿声始，又开创了一种表演评话的风格。

张鸿声说书的另一引人入胜之处是善于“放噱”。解放前，他熟悉旧社会的人情世态，了解形形色色的腐败现象，一上书台，“灵感”即至，随意发挥，皆成妙趣。我不能违心地说，凡是我听他放过的噱头都是健康的，有意义的；但确有很多是对当时世道的冷嘲热讽，起了揭露、抨击的作用，人们心中的愤懑，由张鸿声代为发泄了。

难得的是解放以后，尤其是他加入了国家剧团，面对新时代、新形势的要求，他的头脑是清醒的。“噱乃书中之宝”，但又不能“为噱而噱”，不考虑它的社会效果。我认为张鸿声不仅对那部《英烈》的内容，而且也对自己的书艺，不懈地做了去芜存菁、去粗存精的努力。张鸿声还是能满足听众想从他那里获得开怀一笑的需要，但多是从书情出发，从人物出发，作为加深听众印象的一种比兴的手段了。放噱不能不触及现实，也免不了要针砭时弊，但张鸿声还尝试着用来歌颂今天，使听众从笑声中亲切地感受到了新社会的幸福。

钻后台

原刊《解放日报》

看戏，总应在前台看的。

不过我小时候有一种好奇心，看戏不想坐前台，而想钻后台。这好奇心当然是先在前台看戏看得有兴味了，再引发出来的。我对之有兴味的戏是京戏，后台自然也是京剧的后台了。钻后台的第一个目的是瞻仰一下名演员的本来面目、私下风采，我对他们实在太崇拜了。其次是想了解一下京戏神奇的化妆手段，尤其是花旦，怎么一个个都是千娇百媚，像天仙化人似的。还有就是窥探一下这些在台上说哭就哭、说笑就笑的人，在幕布背后的哭哭笑笑，和戏里又有什么不同。总之，在我想来，剧场后台肯定是一个神秘的世界。

但要跨进后台那黝黑的贴着“闲人免进”字牌的门是不容易的。仅有一条路，指点我拉胡琴的戴先生是更新舞台（今中国剧场）的“官中”琴师，只要他肯“摆肩胛”（负责任），就有了希望。我小时候先是跟着留声机学唱京戏。到十二三岁，就弄来一把二胡，把各种西皮二黄的调门拉会，然后配合着同弄堂一个会拉京胡的朋友，给本弄堂爱唱京戏的人吊嗓子。接着就认识了这位戴先生，他正要物色一个拉二胡的“副手”，就看中了我，每星期到我家来一两次，每次我跟着他拉上个把小时。

戴先生教了我一段日子，我还同他出过两次“堂会”（在宁波同乡会），讨得他的欢喜。一天他对我说：“几时我带你到后台去见识见识，不过你要买好两包香烟，也不要太好，美丽牌就行了。”我听了，大喜过望。尽管我上中学的零用钱十分拮据，每天只够买一碗面当中饭吃，还是省了下来，买了香烟。我记得我那时是十五岁或十六岁，年份不是1941年就是1942年。

这天，日近黄昏，戴先生就来催我快跟他走，因为头里两出戏是他拉。刚踏上更新舞台后台门外那个小扶梯，戴先生回过身来对我说：“香烟呢，拿来给我。”我连忙从口袋里掏出来给他。他一把接过，自己揣一包，一包拿在手里，拉门而入，一个穿深棕色长袍、剃平顶头的汉子走过来同他打了招呼，一眼瞥见了身后的我，厉声问道：“你来干吗？”戴先生忙道：“我的徒弟，来学学。”说着递了一包香烟过去，那人一边说着“不客气”，一边就拆包取烟，并叮嘱我：“可别乱跑啊！”戴先生把我领到场面背后的空隙处，说：“就在这儿看吧。”

仿佛那时在更新演出的名角是梁小鸾和王琴生，那晚演的还是双出，有一出是《三娘教子》。起先我倒也规规矩矩地站着，不过眼睛并不专盯着台上，而是不时地瞟着演员下场后的一举一动。

有化好妆的演员候场时，也站到我这块地方来看台上的演出，这时我几乎可以面对面地观赏他们的形象，别的行当倒还好，就是花旦有点令我失望，脸上的胭脂、粉涂得那么厚，又那么反差强烈；手上、臂上也涂了一层白粉，可是，真绝，一到台上，灯光一照，就是令人想入非非的皓腕了。

梁小鸾一期结束了，接下来是谭富英。梁小鸾仍旧留下来，为他跨刀（挂二牌的意思）。谭富英可是个名震一时的大角。有关他的传说很多，比较集中的是他除了唱戏，不问世事，所有的业务往来全由他父亲谭小培做主。谭小培也唱老生，却未唱红，便把希望寄托在儿子身上。传说他家的祖爷爷谭鑫培曾对谭小培说过一句意味深长的话："我养的儿子不及你养的儿子。"确否待证，但谭富英的盛名无虚，也由此可见。

我向戴先生提出了想去后台的要求。他立刻现出一副为难的神态，说："谭富英不比别人，后台管得紧，再说吧。"但是过了一天，我刚在吃晚饭，戴先生匆匆跑来叫我："今天有个机会，要去现在就去。"于是我马上放下碗筷。

快到更新舞台，戴先生忽然问我："身上带钱没有？"我说有，当然也不多，买两包香烟总够。但是戴先生又说："美丽牌不行了，今天得买前门。"

今晚谭富英演的是《乌盆记》，他露面很晚，《乌盆记》已经开锣，他才由一群人簇拥着从独用的化妆室出来，有人为他捧着小茶壶，有人替他拿着“口面”（胡子）。 在上场门口对着镜子，谭富英小作整容，喝了两口茶，这才叫了一声“刘升，带路”，迎着台下的哄然叫好，刘世昌出台来了。

到刘世昌被害身亡，谭富英一进小场门，跟包的就忙不迭地为他松了网巾，褪了口面，急急地走进了他的化妆室。 门关得紧紧的，外面有人看着，谁也不许进去。 好久，好久，台上已经演到张别古来向赵大讨债，赵大领他去窑库了。 只见那间化妆室的门忽然打开，前呼后拥，谭富英又出来候场了。

如果是名角荟萃的会演或义务戏，后台的景象更令人目不暇接了。 也是在这个更新舞台，好像是 1947 年的一个春日下午，这里演出了当时非常“热门”的全本《蝴蝶梦》，即《大劈棺》，为一个慈善医疗机构进行募捐。 周信芳饰庄周，童芷苓演田氏，刘斌昆演二百五等，都是出色当行的“绝活”。

那天，我早早地就混入了后台，死守在下场门口。 周信芳先生已经到了。 走到一个房间内，遇见了刘斌昆，就说：“把咱们那段来对一对吧。”

“咱们那段”就是刘斌昆扮演的纸人二百五，经过周信芳扮演的庄周一番点化，竟然活了起来，成了书僮。 于是就在那房间门口，两人口中念着台词，手臂作着姿势，步伐跟着移动。 他们原来就是多年的老搭档，彼此心灵感应，都不需要向对方提示什么，就能做到配合默契。 后来我再看他们化好妆，在台上演这一段，与刚才对戏时一模一样，只是渲染得更有声色了。

这出戏最叫人惊心动魄的地方是在最后一场的田氏劈棺，庄周显灵。周信芳先生表演了“变脸”的绝技。舞台上靠下场门放了一具棺材，我从后台看得清清楚楚，棺材是空的，面对观众的一头底下用景片遮着，庄周一身道装，从底下钻了进去。一个检场的手里捧着两团油彩和成的稀泥，田氏举斧一劈，棺材盖忽地掀开，庄周站了起来，霎那间几次回首，用手抓起油彩往脸上一抹，就变成了金脸、灰脸。

《大劈棺》一剧在新中国成立后的很长时期内被视为内容荒诞的坏戏，近几年稍有缓和，仍被说成是有争议的戏。昆剧名演员梁谷音曾演出了经过改编的本剧，竭力表现田氏渴望爱情的自由行动，同时也竭力表现昆剧独有的柔美风格，如最后一场象征蝴蝶梦的蝶舞，色彩绚烂，赏心悦目，但又让人感到轻飘飘地少了分量。这时我不禁回忆起周信芳先生的变脸来，虽说有些恐怖，却弥漫着一种浓烈的神奇的气氛，看过一遍，终生难忘。

我二十四岁起正式踏进新闻界，当了文艺记者，专门采访戏剧界的活动，这样，跑后台是一种名正言顺的工作需要，后台的神秘感也逐渐在我心中消失了。在上海各个剧场的后台，我不但能接近更多的京剧名角，而且认识了其他剧种的好些名家，进一步了解到他们艺术生涯的甘苦，才知道后台也是个复杂的社会缩影。演员置身其中，首要的任务是排除杂念，聚精会神，为即将出台表演做好准备。比如盖叫天先生一化好装，就闭目静坐，等待上场，连话也不与人交谈了。马连良先生穿戴完毕，要对着镜子前照后照，上照下照，旁人最好少去打扰。然而经常也有吵闹之声从后台响起，不知是谁有什么事不顺心，临场发起脾气来了。至于冷嘲热讽、闲言碎语，也是随时可以在后台的某一角落听到的。一道大幕，将前后台隔成两个世界，前台是花团锦簇，轻歌曼舞，后台也许有你想象不到的焦急、担忧、烦恼、苦闷。再一想，天地大戏台，戏台小天地，人生中的一些现象，又何尝不是演戏一般，人前是一副面貌，人后又是一副面貌，变化之快，亦如前台之别于后台。看穿了戏台，也就是看穿了人生了。

当我自以为对此有一点悟解之后，非但后台不去涉足，连前台看戏也鼓不起兴趣了。

回忆四十年代阅读报刊图书

原刊《上海文化》

上海作协的魏绍昌兄正着手编辑一部《民国通俗小说鉴赏实用辞典》，送了五部小说来要我帮忙做这样两件事：每部小说选择一段比较精彩的章节，写一篇小说的简介。他也请别的朋友帮着做，但因为早年我同他在这个领域有过合作的历史，所以要增加负担多看两部。

所谓“早年”，即1961年，我们合编了一部鸳鸯蝴蝶派小说研究资料，这部书分史料和作品两卷。史料卷由魏兄独力承担，作品卷邀我参加，做的工作也就是写简介，选章节。为此，这一年我看了好多以前称为“鸳蝴派”现在可改称为通俗或海派的小说。其实，有好些是小时候就看过的，等到有了几岁年纪再看，理解有所深化，能从社会的角度来审视故事和人物，并能辨别其意趣和品位了。

如此说来，你对海派通俗小说是很有研究的了。不，我不是这个意思，我只是想说明我最初与文化结缘，不能忘却通俗小说的启蒙之功，到长大了投身新闻界，做记者，当编辑，始终抱定一个信念，即总要想方设法让读者对你写的文章和编的报纸首先产生兴趣，因此可读性是万万不可忽视的，这未尝不是受通俗小说的影响。当然，在高水平的专家学者看来，这样的着眼点未免低了。

我却是虽九死而不悔，并已养成一种工作的习性。

回过头来再想想小时候，启蒙我的通俗小说是这两部：张恨水的《金粉世家》和海上说梦人的《歇浦潮》。

比较起来，我更喜欢《歇浦潮》。因为这部小说等于是民国初年在上海滩上发生的社会新闻的“综艺大观”，种种光怪陆离、诡异谲诈之事，真使人大开眼界。也许直到而今，我们依然可以从报纸上登载的社会新闻中感觉到《歇浦潮》的流风余韵，甚至有以过之。这也形成了我评价一部小说或一部电影或电视剧的一条标准：能不能涉及社会面。涉及得愈广愈深的，也愈能引起我的兴味。

早已定居海外，近年又引起国内文学界注意的女作家张爱玲说她最喜欢的中国小说是三部，即《红楼梦》、《海上花列传》和《歇浦潮》。论文学价值、艺术成就，《海上花列传》与《歇浦潮》无法望《红楼梦》之项背。张爱玲所以喜欢，一定是这两部书所描写的上海社会的另一面，让女作家“开了眼界”，间接地增长了生活阅历。

给我启蒙的也不止是这两部小说。那时我刚读初中，寄住在姑母家。姑父和表兄都是舞文弄墨之士。他们家里积有不少旧杂志，其中有《论语》《人间世》《逸经》。偶然抽出几本来看看，多数文章的内涵看不懂，但有些写得比较短小精炼，谈掌故和轶事，行文又很风趣的文字，我还是能领会的。写这类短文的作者，我记得有一位署名为“大华烈士”。后来又看别的文字介绍，知道“大华烈士”的真名叫简又文。但简又文又是何许人，我说不出所以然了。

还有一个人的名字记得更清楚的，便是林语堂。因为《论语》是他主编的。《人间世》和《逸经》是不是他主编的，还是同他有些关系，还是自成一家的，当时没有留心，现在也不想研究。只是在我的印象中，这三份杂志的风格好像都差不多，文章的内涵不管我看得懂还是看不懂，行文都不怎么晦涩艰深、道貌岸然，或者说，是一种表现性情的文字，后来成了我学写文章的“准则”：即使不能痛快地宣泄自己的性情，至少也不要过分地扭曲自己的性情。

林语堂在我们这里经受过长时期的鄙视和冷落之后，如今又让人们惊讶地发现了他的价值，尤其是他写那些关于生活艺术的散文，已成为有些时髦文章中引以为据的“经典”。这些文章我已记不清小时候是否看过，即使看了，肯定也难以领会。等到步入老年再看，又觉得自己讲究这种生活艺术的岁月已经过去了。也许中年人看了最容易一拍即合，多数又是可以称为“富贵闲人”的中年人。

我倒是很记得那时看到的林语堂写的一部小说《瞬息京华》，也只是记住了其中的一段故事：一个非常美丽的清朝贵族的女儿，落魄后到一家大户人家当使女，后来成了这家的少奶奶，很能干，有点像王熙凤。

那时还有一份非常厚实的《东方杂志》，是商务印书馆出版的。我也看过一两本，翻开来，单单浏览一下目录，就觉得如入宝山，观赏不尽。有好多内容当然还是看不懂，但一个十二三岁的少年，能一看目录，就产生这样的第一感，自以为“天分”还是不错的了。现在出的杂志，有哪一种是可以比美甚至超过《东方杂志》的呢？

住在姑母家时，姑父和表兄还经常教我要认真读报，一是了解天下大事，二是学习报纸上那种简洁的文体。但 1941 年后，原来被称为“孤岛”的上海租界也成了日伪的天下，报纸上鼓吹的尽是“皇军圣战”和“大东亚共荣圈”的一套，连老派的《申报》《新闻报》也被日伪派来的人把持了，不管是新闻版还是副刊，都叫人看不下去，但《新闻报》的戏目广告版五花八门，颇能解闷。

报纸没有看头，杂志呢，倒有几种，是逮到手就要看的，有的直到现在仍有印象。

头一本应该数《万象》。出版人是平襟亚先生（新中国成立后是有名的评弹作者）开的中央书店。首任主编是陈蝶衣先生，后来我们认识了，称他为“蝶老”。“蝶老”即著名的指挥家陈燮阳的父亲，1952 年去香港定居，是当地报纸的专栏作家和流行歌曲的作词家，仍健在，已八十多岁了。“蝶老”编的《万象》，用现在的标准来看，是偏于通俗文学一路的，并有相当的新闻性。记得那时上海出了一桩极为轰动的人命案子。即华美药房的两个小老板“兄弟阋墙”，弟弟用斧头把哥哥劈死了。华美药房的老老板四处疏通，想保全小儿子的性命，但汪伪政府司法行政部这一关未能通过。结果小儿子仍被绞死。《万象》有文章对此案的经过作了详细的报道，这不就是现在的“大特写”吗？不过当时没有这样标榜就是了。

过不多久，买来《万象》一看，明显地感觉到风格迥异了，是一本严肃的文艺刊物了。再一看，主编的名字换了，是柯灵先生来接手了。但柯灵先生不是那种摆出架势、固执门户之见的人。相反地，还利用这本刊物培养了不少文学新人。最令人信服的例子，就是张爱玲的小说在柯灵先生的慧眼赏识之下，得以在《万象》发表出来。张爱玲的名字与《万象》其他作者名字并列，显得有点突兀，好像不是一条道上的人，却正好显示出了柯灵先生编辑刊物所奉行的“有容乃大”的方针，不是小圈子里的几个人的自留地。我说《万象》变得严肃了，是对比陈蝶衣先生主政时的格调而言的，并不是说内容变得板板六十四的，令人望而生畏。严肃并不排斥丰富多彩，生动活泼，只是在立意上，要提醒人们不要忘记时代赋予我们的使命。我是这样体会柯灵先生的编辑意图的，不知是否说对了。

陈蝶衣先生离开《万象》后，又创办了一本《春秋》，贯彻他原来编《万象》的风格。

还有一本杂志，名字就叫《杂志》，也是我们或借或买，当时非读不可的。《杂志》的发行人叫袁殊，是个活跃于汪伪新闻出版界的头面人物。那么，这本《杂志》一定是份媚敌的刊物了？却又不。至少我看不出那种气味。我所以爱读这本《杂志》，就是因为“她”很好看，亦雅亦俗，正照顾了我这个高中生的文化水平。我好像记得里面有一栏，叫“海上画虎录”，是写海上闻人张啸林、杜月笙的发迹史的，资料是否正确、翔实很难说，但那种平实的笔调我很容易接受，虽有褒贬之意，但注意到了这些闻人的复杂的性格和复杂的社会影响，不是简单地以好人或坏人来定标准的。

《杂志》中有的作者如著名的翻译家董乐山，后来成了我的好朋友。他用的笔名叫“麦耶”，我记得他写过一篇描写公务员的悲欢的小说。我真奇怪，他那时也不过十八九岁吧，刚刚念大学，怎么笔下那样老到、深刻。

到了新中国成立以后，《杂志》发行人袁殊的身份终于真相大白了，原来是地下党员。也正因为他在敌伪时期有过这段经历，几经审查，又牵涉到潘汉年、扬帆的冤案中，长期服刑，我不知道他是否活着等到了“文革”被否定，冤案被平反的那一天。

还有两本杂志，听说经济上都得到过汪伪政府要员的资助，我不能不在政治上给以否定。但又不能不承认其可读性还是相当强的。一本叫《古今》，是文史类的。给《古今》写稿的有大汉奸周佛海，内容多半是回忆他本人在抗战前直到投敌后的亲身经历和所见所闻，行文之间，除时作自我辩解之外，还有意无意地向重庆蒋介石政府暗送秋波，现在可作为一种历史资料供参证之用。还有一位作者也是大名鼎鼎的，就是周作人。这是他一生中自我玷污的几年，但也是文章写得最见深化的几年，可我当时限于水平，看不出什么好处来，因为行文平淡，不是一个十七八岁火气正旺的青年所能接受的。周作人的这种文风，给这本杂志也带来了影响，即以“冲淡”作为标榜。还有两位作者是兄弟俩，即徐凌霄和徐一士先生。徐凌霄笔名“凌霄汉阁”，经常在报刊上写京剧评论。他的文化修养高，见解也高，因而不是一般专门捧角的剧评家所能比拟的。记得须生泰斗余叔岩于 1943 年病故后，“凌霄汉阁”即在《古今》上发表了一篇文章，题名《於戏！ 叔岩》。“於戏”是“呜呼”的古写。直到今天，我仍然认为写悼念名家的文章能写到这种不是一味阿谀和妄加攀附的地步，是很难得的。当然，从另一面看，徐先生以行家自命，对余叔岩的艺术成就，持论又有点近于苛求了。徐一士先生以善谈清末民初北京政坛的掌故著称。引述的资料务求广博，偶有论断，虽不是很准确，却是心平气和的。徐先生这些文章，后来出了书，有《一士类稿》等。1985 年四川人民出版社出版了中国近代史丛书《近代稗海》，把徐一士的这些文章都收录进去了。

另一本杂志叫《天地》，苏青（冯和仪）主编，综合性的，比《古今》的读者面要广一些。张爱玲有些散文就登在里面。苏青本人也是女作家，但也就“红”过那几年，后来的境遇就不怎么好。新中国成立以后，她用冯允庄的名字投身于戏曲界，成为尹桂芳领导的芳华越剧团的编剧。“文革”中，因有敌伪时期的这段经历，自然吃足了苦头，竟也能挣扎到“四人帮”倒台以后，老病寂寞而终。

生活在敌伪时期的上海，日子过得当然是备受煎熬的，但光阴迅速，很快地就迎来了 1945 年，德国法西斯固然败局已定，日本的所谓“大东亚圣战”又何尝不是气息奄奄。这时上海的报刊忽然发现了一些薄薄的，封面也没有什么装饰的刊物，但有些文章的题目很吸引人，如谈日本在华的军队可能要撤走，也有透露重庆蒋介石政府的一些动向的，等到买来一看，内容并没有说出个所以然。后来才知道，允许这样刊物公开出现，也是敌伪方面的故作姿态，想和重庆方面进行和谈，以便体面地结束对华的侵略战争，保存实力，应付在太平洋上铺开来的“烂摊子”。但作为敌伪统治下的老百姓，想通过报刊，听听一些与敌伪官方宣传口气不同的声音，心情还是可以理解的。

我想提到一张报纸，是小报，叫《光化日报》。一提小报，人们往往以不屑的神色看待之，但小报也有办得比较正派的，小报作者中精通文章词赋的人也是不少的。前面谈到的陈蝶衣先生，他就是一位有名的小报编辑。《光化日报》出版于1945年春，所以又不同于别的小报，就是她的第一版，不时地刊载一些当时人们非常感兴趣的海外消息，多数又与战争有关。如美国军队的吉普车、冲锋枪等，使闻所未闻的沦陷区老百姓感到新奇不已。其实这些消息不过是辗转从外国报刊上零星批发来的，但已足够使这类小报的第一版打开一个窗口，注入了新鲜空气。我所以特别强调这一点，是我一直主张，报纸总是要靠新闻来争取读者的，而国际国内重大的时事新闻，又总是读者最为关切的。

《光化日报》主其事者为龚之方、唐云旌两位先生。他们是上海文化界的两个很特殊的人物，我不是指他们的身份、地位，而是说他们的广阔交游和海派风格。他们常常在有限的条件内做出的一点事业，颇有创新的意味，《光化日报》是一个例子，后面我还要说到一个例子。他们两位也颇乐于提携后进。《光化日报》上的“海外新闻”，就是两个“洋学堂”的大学生沈毓刚和徐慧棠编译的。他们以此为发轫之地，后来都投身到新闻界来了。

抗战终于胜利了。

《申报》《新闻报》当然还是正常出版，老牌子、新主人，内容未见有特别过人之处，但以其历史的渊源，依然拥有众多的读者。《新闻报》在工商界尤有影响，广告的作用是别的报纸不能代替的。

据说也是老的报纸，在我却是第一次看到的有《中央日报》、《和平日报》（即《扫荡报》）、《前线日报》、《时事新报》、《东南日报》等。背景都有国民党政府的关系，但办报的人在文坛上负有盛名，是我很仰慕的，如曹聚仁先生就在《前线日报》（我已记不清，是否后来就改名为《时事新报》）；曾经与我共事，也是我的老前辈姚苏凤先生在《东南日报》编一个副刊。

一度盛传要出版《新华日报》，但未见成功。

坦率地说，我当时最喜欢看的还是《大公报》；而在日本投降之后，我尤其喜欢看该报发表的以“本报特派员”名义撰写的长篇通讯特写。如有一篇写日军代表在密苏里军舰上签署降书的经过的，写得很是具体生动，我还记得那篇通讯的题目叫《太阳落山了》。《大公报》的“特派员”，能亲眼看见一些历史性的场面，多么神气，多么令人心向往之。但按照革命的要求，当时的《大公报》还有很不够格的地方，对国民党政府态度是“小骂大帮忙”。不过这些都是要等到全国解放，参加了上海新闻界思想改造运动，通过学习，才认识到的。再回想从前对这张报纸的“崇拜”，实在太“浑”了。

《文汇报》也看的。我更注意他们的副刊。而副刊中最投合我的兴味的是那一版“浮世绘”，内容近似现在一些报纸的文化版，趣味性、娱乐性很强，但品位、格调都很高。如黄裳有名的专栏“旧戏新谈”，就发表于此。黄裳也是“浮世绘”的三个主编之一，另两位是梅朵和陈钦源。1957 年，这三位都被打成“右派”。黄裳和陈钦源又与我这个“右派”同在奉贤乡下劳动过两年，回首往事，只有连同自己一起予以彻底地否定，绝不敢稍有留恋的。

晚报有好几家，如《大晚报》《大美晚报》等。我接触的只是两家，一是《联合晚报》，一是我现今仍在供职的《新民晚报》，但那时叫《新民报晚刊》。

《联合晚报》是地下党办的。这个我不想多说，因为有人会来龙去脉地比我说得更清楚。我只能说老作家冯亦代先生当时接受了在该报编副刊“夕拾”的任务，由于他的推荐，我得以向该报另一副刊“娱乐版”投稿，不时赚点稿费，作为零用。

我能向《新民报》投稿，也是冯亦代先生的关系。他的老朋友李嘉在《新民报》编副刊“夜花园”，我得以滥竽其中。后来编另一个副刊“夜光杯”的剧作家吴祖光因发表了一篇《冥国国歌》（仿国民党党歌）得罪了国民党政府，眼看要大祸临头。老板陈铭德先生想了一个花招，调吴祖光编“夜花园”，“夜光杯”改由李嘉来编，算是追究了编辑的责任，搪塞过去。于是我因此也认识了吴祖光，承他不弃，对我那些极为浅薄幼稚的作品很是照顾，给我以练笔的机会。该报还有一个副刊是社会性的，名“十字街头”，由柯灵先生主编，他每天只来看一看稿子，具体的编务由他的外甥王湛贤兄负责。想不到我们后来成了同事，也想不到一同在 1957 年遭难。但他的命运比我惨，流放到青海，病死他乡，未能等到获得平反的那一天。

吴祖光去了香港，李嘉去了日本，我的投稿生涯也告一段落，并已另外觅得一份有固定收入的差使——银行职员，生活过得去了。有一天，在路上遇见诗人袁水拍先生，他告诉我已接编《新民报》的“夜光杯”，我因此又萌发了投稿的冲动。可是不久，《联合晚报》《新民报》等都被国民党政府勒令停刊。这显然是一种局势紧张的征兆，舆论总是首当其冲的替罪羊。

现在我要稍为花点笔墨说说冯亦代先生和他曾经主办过的一张小报《世界晨报》。这是一张不同凡俗的小报，是 1945 年年底还是 1946 年年初出版的就说不清了。最早主持编辑大计的是姚苏凤先生，他由重庆来，一心要办一张高格调的小型报。立意是好的，可惜效果不理想，销数从最初的六七千份一直下跌。不久冯亦代先生也由重庆来了。想尽方法要使销数有所回升，仍不见效。要论报纸作者的阵容，今天听来，真令人艳羡不止。有夏衍先生化名写的短小精悍的时评《蚯蚓眼》，有袁水拍先生写的《马凡陀的山歌》，有张正宇先生的连环画（大概叫《新西游记》吧），有戴文葆先生写的国际小品，有陈白尘先生写的散文，等等。哪一种不是可以竖起大拇指叫好的？但曲高和寡，一般看小报的人不领情。冯亦代先生也曾吸收了一些年轻人，想把内容搞得"海"一些，其中最为冯先生赏识的是圣约翰大学毕业的李君维兄（现在北京，写小说、散文很有成就）。我也夤缘而进，先是和一个朋友向冯先生承包一个报道股票市场动态的经济栏。随后也采访过别的领域，最后还协助李君维兄编过第三版副刊。但我们这些毫无办报经验，只有个人情趣的后生又岂能有回天之力？最终《世界晨报》还是自动停刊了。这段短暂的历史却是令人回味不尽的。作家袁鹰（田钟洛）曾是《世界晨报》的编辑主任，他每一念及，也是一往情深的。

《世界晨报》停刊了，我们这些人失业了，冯亦代先生介绍我们（有作家何为）向《联合晚报》《新民报》投稿，也有维持援引之意。1949 年 7 月，我正式下海进新闻界，追溯前因，冯先生应是我的引路人。

像《世界晨报》这样的小报办不下去，但反映十里洋场的风花雪月，专写个人身边琐事的小报却是可以立足的。具有代表性的是三家：《铁报》《罗宾汉》和《飞报》。其内容可从现在香港的一些报纸副刊上窥见大体。最近与香港作家谭仲夏先生闲谈。他说，你们内地报纸的副刊办得是有水平，但不见得能投合香港读者的口味。我说，要投合口味也不难，只要客观现实允许，倒不是吹，至少像我们这些给以前小报写过稿的人是优为之的。

我不禁又要说到龚之方、唐云旌（笔名唐大郎）两位先生，他们是办小报的能手。但抗战胜利，《光化日报》停刊后，一直没有再申请到办小报的许可证。龚之方先生不甘寂寞思索了一晚，用一张白报纸横折竖折，折成一个方形的开本，办起了小报内容的方形周刊，取名《海风》，一时风行上海。仿效者纷纷而起，什么《海光》《海星》《七日谈》等相继出现，不到三四个月的工夫，总有几十种之多。内容越办越荒唐，声誉于是大跌，放在地摊上用最便宜的价钱卖，也难得有人问津。唐云旌先生为此写过一篇文章，题目《始作俑者的罪孽》，深自谴责，并主动停办了《海风》，很快地，方形周刊便在市场上销声匿迹了。

龚、唐二位还办过一本大型文艺月刊，名《清明》，由吴祖光、丁聪主编，编辑部在共舞台三楼、影剧界大亨张善琨的私人办公室内。夏衍同志曾假此开过地下党会议。

二位还办过一本《大家》，类似前面谈过的杂志。

《清明》和《大家》的寿命都不长。这也是以前私人办刊的普遍规律。出于美好的愿望，凑一笔钱，好不容易办起来了，但销路不行，没有钱赚，老是赔本也赔不起，办了几期，只好打烊。像现在这样，一本刊物一办就是五年、十年、十五年，甚至更长的事，是极少极少的。只有一本《良友画报》，当时销数号称五万，已非常了不起了。

还有什么杂志呢？我想起一本是凤子主编的，也叫《人间世》，是十二开本。

还有一本，是李健吾先生主编的《文艺复兴》。钱锺书先生的小说《围城》，最早就发表在这里面。我一期一期地看得不过瘾，等到良友图书公司出版了单行本，马上就去买来贪婪地读了一遍。我不敢与钱锺书先生妄拉关系，但较早就读过他的《围城》，这句话还是可以说的。

拉拉扯扯地回忆了这些，不知究竟表达了什么意思。我也实在没有能力确立一个意思。不过有一点是很显而易见的，就是我这个人从青年时代起，思想就很庞杂，识见、水平都不成气候，一直到老，长进有限，因而这篇文章也是不成气候的。请读者允许它列席于稗官野史之流吧，不必深究了。

顾国华与《文坛杂忆》

平湖乍浦顾国华兄完全出于个人爱好而自费编印的《文坛杂忆》今年我收到了第二十九册，也就是说，他每年编一册，不知不觉竟是二十九年过去了。我和顾国华因此书而成为朋友也有二十几年的交情。对书的本身，我没有能帮他什么，只不过利用在报社工作之便，有时在媒体上帮他吹嘘一下，仅此而已。

因我经常整理书柜，国华前些年寄来的《文坛杂忆》都放在里边去了，拿起来不方便；近年的几本就在眼前，近日又翻看了一遍，发觉我初读时疏漏的篇章现在读来却是大有兴味。有的还勾起我的回忆，如第二十册中姚迟先生写的《回忆湖南才子易君左》中关于因写《闲话扬州》一书招致扬州出生的一些名流的抗议一事，我小时候就听说过。其实易君左说扬州人出三把刀（切菜刀、扦脚刀、剃头刀）并不错，大概说到扬州下等女子多流于娼妓未免犯忌了。现在看了姚先生的文章才知道这里面还夹杂一些政治因素。政客们因家乡地域的关系而分成派别相互攻讦是常有的事。在抗战前的国民党政府中，江浙派比较得势。易君左是湖南人，做的官不过是江苏省教育厅长周佛海手下的主任秘书，级别不高，被南京政府中几个扬州人的“大佬”掰掰“错头”是轻而易举的。但这一篇说当时江苏省政府主席是叶楚伧，恐怕错了，我记得是陈果夫，国民党CC系的首领之一，他身体不大好，许多事是他兄弟陈立夫做的。

第二十九册顾雪雍写的《我所知道的“五面特工”袁殊的传奇生涯》令我大为惊愕。这个袁殊的名字，早先我也是常常在报刊上见到的。敌伪时期他以“发行人”的名义办的一份期刊《杂志》我倒常常买了看，觉得办得不错。在《杂志》写稿的作者如董乐山、沈寂等后来都成了我的好朋友。董乐山是著名的翻译家，已经故去。沈寂投身电影界，又写传奇小说，至今健在，已达九十高龄。2013年还被聘任为上海文史馆馆员。我记得当时袁殊的公开身份是汪伪政府的清乡局长，殊不知他是党的地下工作者。他要清乡，是清不到共产党游击队头上的。顾先生文章中说他周旋于共产国际、中国共产党、日本敌特机关，还有国民党的中统、军统之间，居然应付裕如，真是好本事！可叹后来因潘扬一案而被牵累，最后虽然被放了出来，已孤苦无依，终于因精神反常而死去。

顾先生将袁殊的前后经过写得很详细，有些事情道人之所未道，真有点吓人，也值得反思。

这位顾雪雍先生有点来历，他是恽逸群的亲外甥。恽逸群是解放初期上海新闻界的领导，解放日报社长，华东新闻出版局局长，我见过，还一道吃过饭。后来定居香港的老作家陈蝶衣先生跟恽逸群是同乡，也认识恽逸群。在陈蝶衣先生的口中，恽逸群是个很有人情味的好人。也许正因为他有人情味，不教条，在1952年“三反”运动中首先落马，后来又被潘扬案所牵累。在《文坛杂忆》中，顾雪雍也写了有关恽逸群的事迹，有好些事过去我也是闻所未闻的。

《文坛杂忆》有个显著的特点，现在写稿的这些老先生，虽然都退隐在家，是所谓的“野老”，但他们过去都有难忘的经历。有的就像《红楼梦》中所说，是“翻过跟斗”的。他们写的东西，都是亲眼看到的亲身感受的，所以很真切，即使记忆中难免有错误或是不准确的地方，也无伤大雅。正儿八经的学习要读“正史”，空下来丰富自己的文化生活又何妨读读“野史”？有时“野史”上说的事情，倒是更接近我们的感情。

我很佩服《文坛杂忆》的编者顾国华，他完全出于一股个人爱好的痴情，费时费力地来做这项搜集“野史”（也许是民间的“信史”）的工作。他也真有本事，竟然得到了多半寓居于江浙一带的一些老先生的信赖与支持。每年编一集，已经编了二十九集。到

2014 年，编好第三十集后，顾国华就决定歇手，这件事就告一段落了。 算起来前后整整三十年，顾国华从一个颇有血性的中年人也迈入古稀之列。 在国华个人来说，套一句常用的古语叫做“不枉此生”。 有这三十册的《文坛杂忆》放在那里，因此结交了不少朋友，值了。

还要提到一个人，就是许士中。 《文坛杂忆》原版是用工整的小楷誊写后胶印的。 从此书的第四卷起，许士中就主动承担誊写的工作。 他写得一手好书法，是位自学成才的书法家。 为人恬淡，自称“二法居士”（佛法、书法），而不求闻达，学弘一法师字体尤其神似。 有人说，拿到了《文坛杂忆》也等于拿到了一本可以临摹的小楷法帖。

上海书店曾经有选择出版过两册《文坛杂忆》，现在听说要全部出，这是很有见地的做法。 我从《文坛杂忆》第一册看起看到现在，以我的水平，并没有发现什么“大逆不道”的东西。 有些事情，当初不好说，这么许多年过下来，发觉说了也没有什么。 你不说，人家也早已知道。 相信现在读者的觉悟。 都是好几十年乃至上百年的历史了，有些保密的历史档案都解密了，还怕什么呢?

注：为上海书店正式出版《文坛杂忆》宣传资料而作。

吾道不孤

原刊《三钢报》

这是一本颇具特色的杂文集。

最大的特色，是书中所有的杂文的作者，都是“无名小卒”。我这样说，不知会不会招致作者们的不满，好像我在小看他们了。其实我倒是对杂文这个领域，忽然闯进了这么多的陌生人，感到异常的兴奋。如今的社会，执笔为文，已经是穷途末路之举了。为文不写小说，不写剧本，不写大特写，不写所谓纪实文学，而写杂文，更是末路的末路。不说旁的，就说捧了一叠杂文稿，拿到出版社去兜售，也比别的品种最先吃到闭门羹。连名家出一本杂文集，还要通路子，拉赞助，何况普通的小角色？所以林放先生在世时，就曾说过“写杂文要熬得住坐冷板凳的寂寞”这样的话。而本书的作者居然不怕坐冷板凳，吾道不孤，前途有望，幸甚幸甚。

杂文难写，这又是末路之叹的另一个原因。报纸上的内容虽然最受欢迎的是杂文，但最容易捅娄子的也是杂文。一个不小心，某一句话说得稍为痛快一点，坦率一点，马上就有意见来了。

报纸的编辑、总编辑，谈起办副刊的方针来，总是把组织好的杂文当作头一个需要花精力做的事情。可是杂文真的到了编辑、总编辑的面前，却又常常为之担惊受怕，横考虑竖考虑，直至把所有碍眼的棱角统统磨平，才敢送到电脑房。作者固然不开心，编辑又何尝不泄气，反正一切为了顾全大局，彼此就谅解一二吧。

然而，奇怪，尽管杂文如此的不好碰，但心有不甘、偏要来碰它一碰的人还是络绎不绝。这本杂文集就是“铁一般”的例证。其故安在？照我看来，人既生活在社会现实中，每天眼所见，耳所闻，身所经，就无法避免某些事情在你的思想上所引起的共振，也必定会根据你的眼光、识见而作出分析和评判，是真善美还是假丑恶。有的人放在嘴上哗啦哗啦发泄一通，也就算了；有的人感到了一种责任，需要拿起笔来说与更多的人知道，从而形成舆论的力量，于是一篇篇的杂文（或者叫做小言论）就这样问世了。

本书的作者都是上钢三厂的职工，他们有他们的专业。不写杂文满可以过得去，可他们还是写了，固然有写作的业余爱好在驱使，更多的成分是想参与社会的变革，作为领导阶级的产业工人，尤其要当仁不让，推动历史前进。

由于时间匆忙，我来不及对本书的每一篇文章都仔细品味，粗粗地浏览一过，总的感觉都言之有物，以小见大，对现实有扶正祛邪的作用。从文中又可以看出作者读书甚勤，有好多篇都是以史为鉴，不但有说服力，而且有知识性，就这样写下去，用不了多久，“无名小卒”就会成为“有名大家”。“名家”不是天生的，是从“非名家”进化而成的。但“名家”是靠一字一句写出来的，不是捧出来的。如果说我在本文的开头有些不敬之处，现在总可以明白我的意思了。

管窥蠡测小品文

原刊《小品文》

我很郑重又愉快地向读者推荐：这本小书大可一读。里面全是以反腐倡廉为题材的小品文。

什么是小品文？说法很多，我却宁愿“望文生义”，就从字面上来说一点我的看法，请有识之士不吝指教。

既是小品文，首先要小，也就是说字数不能多，文章不能长，照我看，千把字足矣，还嫌打不住，一千五当是极限，再多，不是小品，而是宏论了。写文章不能一概都要求它短，该长的还是要长。但是，凡是一件事情本来需要十句话说完的，你能用五六句话就说清楚，这说明你具有不可小视的驾驭文字的本领了。写小品文尤其希望要在这方面多下些功夫，废话不说，长话短说，有些话也可以不说，意在言外，让读者去联想，去体会，一定要说白了反而没有什么意味了。

根据这点要求看，这本书收集的小品文都已够格，文章都很短，少的只有二三百字，多的也不过五六百字，读起来一点不费力。文章短了，就可以多收集一些，读者选阅的余地也大一些，这篇不对胃口就看那篇，很自然地就对本书产生了兴趣。

说到“品”字，我认为，一是要有“品位”，二是要有“品味”。

“品位”就是上档次，有一定的格调。本书的小品文想来并不巴望上文学殿堂的档次，但毫无愧色地上了社会的档次。这些小品文描绘的都是社会众生相，反过来，社会众生也可以从这些小品文对照一下自己，看看自己为人处世是于心无愧还是脸上有些火辣辣的不自在。小品文只要能起到这个作用，便是我们常说的具有“社会效益”了。

“品味”呢，就是文章读来是不是耐咀嚼，有回味。我认为也是有的。这一篇篇的小品文讲的全是一点点的小事例。古人云：“大德不亏，小德出入可也。”这就是说，一个人在方向性、原则性的问题上切不可有丝毫的苟且，作风上、行为上有小小的不注意应该放它一马，不必过分计较。这话当然也是对的。但小事不注意，如果折射出此人思想品质的缺憾，就应及时向他敲敲警钟，乃至采取一些必要的预防措施。比如一个用钱很散漫又老是喜欢贪小便宜的人，最好不要让他经手钱、物之类的事情，这其实是出于爱护的考虑。我们有些领导总爱把自己的亲信、心腹放在关键的岗位上，而不去斟酌其才干、品德是否适合，最后就给自己“吃药”，即使没有什么牵连，面子上也很不好看了。

要在本书寻味、辨味，不妨透过这些小事例所以会得发生的原因而用心、会心。

“文”，当然是指“文采”而言了。什么是“文采”呢？早先我的认识是非常模糊的，以为文章写得花里胡哨，美丽的句子一大堆，形容词连绵不断，同时还故作深奥地玩弄一些让人似懂非懂的哲理，就是了不起的大作家了。后来再读了一点书，对古往今来的名作又稍稍有所研习之后，于“文采”之见渐趋清晰。一、言之有物，不管讲的是大问题还是小问题，都有事实为依据，以引起社会共鸣为目的；二、有自己的见解，不敢说是独到的，至少也是经过一番深思熟虑的，不是人云亦云的；三、作者本身有知识有修养，看起来并没有什么惊人之举，却能从字里行间时时闪烁智慧的光芒；四、遣词造句在亲切自然中自有一种情味和韵味。还有别的吗？

由此我想起我国汉魏六朝的词赋，多以铺陈华丽为能事，结果文章越写越空，人们读了，只觉头晕目眩，而不知它说的是什么意思。唐宋八大家力戒浮言，改变文风，尤其是“韩柳欧苏”对后世的影响更大。韩就是韩愈，被称为“文起八代之衰”，想来我们可能都读过他的《祭鳄鱼文》《祭十二郎文》，写得多么情真意切！柳是柳宗元，他的山水游记小品纯以白描取胜，描绘的事物确切而生动，每篇不过四五百字。苏东坡在《前赤壁赋》中构思的一些经过锤炼的名句，如“清风徐来，水波不兴”“如怨如慕，如泣如诉”等，让后人学做文章借用了多少代多少年？

请原谅我的狂妄，这本小品文的文章基调是好的，都力求平实通达，就是功力稍微差些，有些地方写得太直露，有欠含蓄。这也难怪，文章的作者多数是业余为文，经验不丰，多写写，就写出水平来了。

以上说的，是我对小品文的管窥蠡测，或者说是我个人的偏好，绝不是什么定论，勉强算是一家之言，谨供参考而已。

我还想说的是，这些小品文大都发表在《清风》月刊上。《清风》月刊是一本办得很认真也很有特色的刊物，不但对反腐倡廉起了有力的警策作用，而且内容的可读性也不断增强。一本机关刊物办到这样的程度，该是值得重视的成绩了。这本小品文的编辑出版，更显示了刊物的内容经得住时间的考验，对现在、对将来都有指导的价值。我也是本刊的作者，为表祝贺之意，情不自禁就说了许多，不符合小品文的规格，早该煞住。

看似平易实艰辛

原刊《夕照飞霞》

宋连庠先生历年发表的诗文遍于上海好几家报刊，但我能够读到的多数见于《新民晚报·夜光杯》，我有时也有小文“厕身其间”，于是有时便和他在电话中互通款曲。由此就得出一个不敢过于肯定的印象是他老兄年纪也有一把（大概只比我小两三岁），仍颇眷恋尘缘。平时虽不大出门，却消息灵通，外面发生的事情尤其是影剧界发生的事情他都知道，都能说出个子丑寅卯来，与朋友们来往好像也很频繁（估计是朋友登门看他的居多），这显示了什么？我认为是他的生命力还很旺盛，为此我该首先祝愿他福寿绵绵。物以稀为贵，像“宋老师”这样的典型人物如今很少见到了。

这次连庠将他发表过的各式各样的文章裒辑起来，编成《夕照飞霞》一书，行将出版。我遵嘱将此书的校样浏览一遍，原来是尝鼎一脔，现在是得窥全豹，从而对连庠的认识又深了一层。连庠是教师出身，教过大学的语文和文史，在这方面具有较深的功底自不必说。他父亲宋大章是南社诗人，家学渊源，连庠虽不能说是“十岁裁诗”，但从小对古文诗词有领悟能力也是可以想见的。我却更相信他得力于平时的随处用心和点滴积累，看似平易实艰辛，与时俱进不泥古。听说连庠藏有好多剪报，不知是否属实？我不想拿连庠来比拟当今的某些专家学者，至少我比他是远远望尘莫及的。我这人说好听一些是“好读书不求甚解”，其实是不用功更不肯下苦功。有时写篇小文，用了个把“典故”，因未曾查考就贸然落笔，刊登后心里总有些悬悬的。到了晚上，连庠打电话来了，我连忙讨教，经“宋老师”一点头，我放了心。

连庠兴趣广泛。不过在我看来，他最大的兴趣还在影剧戏曲方面，结交了不少业内的朋友，健在的有卢燕、严翔等，已故的有舒适、程之、乔奇、顾也鲁等。更让我不可思议的是他居然有兴参加拍摄了好多影视片，据说有数十部之多。这次看《夕照飞霞》里的一篇文章，才知道他 1949 年就在石挥导演并主演的《我这一辈子》中出演了一个被捆绑的角色。失敬得很，连庠竟是“老行家”、“老票友”，难怪他的普通话说得那么好。

也许有人说，这有啥稀奇，演的都是老家人、老和尚之类的“龙套”，顶多句把台词，有的连台词也没有，只让镜头一扫而过，太差劲了。这话有一定的道理，我却对“龙套”的身份别有会心。在我看来，人生如戏，有时会当主角，更多的时候只是“龙套”。在个别场合你也许是主角，多数的地方你只配当“龙套”，甚至连“龙套”也挨不上。在官场中，这种角色的转换之快尤其明显。科长在科员面前是主角，一遇到处长就是“龙套”；处长遇到局长是“龙套”，局长遇到部长是“龙套”；部长再……好了，不引申下去了。反正“龙套”也不易为，重要的是如何把握好自己的身份，千万不能抢了主角的戏。连庠对此当有深刻的体会。

连庠给我看过一张他与巩俐合拍的照片。那是在电影《画魂》里面，巩俐演女主角潘玉良，连庠演看家的老仆：光头，穿灰色短衫，天生一副阅尽家道兴衰，依然忠心耿耿的样子。我觉得导演黄蜀芹还真有眼光，选人选准了。

在这本书中占有很大篇幅的文章是名家谈养生，多数也是影剧界的名家，有老年、中年还有青年，各人谈各人的养生之道，总括起来也不过是那么几条：一、遇事想得开，不如意事常八九，要难过也就难过那么一会儿，不要老是纠结在心；二、生活有节制，比如吃，虽然现在的食品很丰富，但也不要贪吃瞎吃；三、适当有消遣，有的老人现在玩起了电脑，很好，每天玩个把小时足矣，切不可沉湎于此；四、有病即求医……写到这里一看，好像都是我的“经验之谈”了。自觉与诸位名家的高见颇多吻合之处。哦，还有一条：害人之心不可有，防人之心不可无。连庠，你我都是过来人，彼此想必都能心领神会，不谈了，就此打住。

献给童双春

原刊《满园春色关不住》

上海的滑稽界前赴后继，究竟出了多少名家我当然可以说出一长串的名字。 其中由于工作关系而结识，来往多了又可以称得上是朋友关系的，说多不多说少也不会少，比如杨华生、张樵侬、小刘春山等；还有就是代表另一派系的姚慕双、周柏春兄弟。 晚年的姚慕双与我还是“病友”，我们都在徐汇区中心医院就医，住院时经常是隔壁邻居。 退休后的周柏春有时会在马路上与我不期而遇，总不会打个招呼就走，起码要站住了谈上好一会儿。 他还到新民晚报社来找过我，有稿子要登，我也是决不“打回票”的。 有一次杨华生约我们到一个新开的足浴店去洗脚，其中就有周柏春夫妇。 大家躺在座椅上，我听周柏春跟他夫人在谈买墓地的事，我忍不住插了一句嘴：“急点啥，你们老夫妻有得活呢！”周夫人听了大喜，马上说：“秦老师，侬侬格金口（承你吉言）！”我知道周柏春患有严重的糖尿病，眼睛也看不清什么了。 但我还是要鼓励他，人就是想尽一切办法活下去，活一天开心一天。死了死了，死了什么事都不知道了，随别人怎么安排吧，自己其实用不着考虑什么的。

姚、周二位在他们所属的艺术剧团与另一位名家袁一灵被称为“三座大山”，此外还有“四座小山”，即他们的学生，也称得上是滑稽界头挑人物的童双春、吴双艺、王双庆和翁双杰。姚、周有好多双字辈的学生，但以这四位最出名，他们也一直跟随在师傅的身边。其中，吴双艺是最早认识的，他好像也拜过杨华生，早先我们倒是常常见面，现在已好久不碰头了。翁双杰早些年也是“病友”，同住一个病房，有时候在休息室碰到了，我拿他开玩笑，说：“侬哪能嘎年轻，头发一根白的也没有。”他马上说：“侬算触我霉头，是染的呀！”他后来不知怎么会得了“老年痴呆症”，住在病房里，一天到晚板着个脸，不言不语。他的女儿陪着他，不断地为他按摩肩部和手臂。我去看他，他女儿说：“爸爸，有人来看你了。”他还是神情木然，没有反应。不久就听说他去世了。

认识最晚的是王双庆。其实我早已知道他，他也知道我。这话说来大概是 2011 年，上海社科院历史研究所研究员刘修明先生曾经与王双庆在“徐中心”同住过一间病房，后来刘修明打电话给我，说：王双庆想和你交个朋友，阿愿意（愿不愿意）？我当然愿意。后来王双庆就在离他家不远的淮海路光明邨请吃饭，有刘修明等在座。我与王双庆可谓一见如故，大家一句客套话也没有，想什么就说什么。当年的11月，我又住院疗养了，王双庆还来看过我。他也享受干部医疗保健，却不愿意按期做检查，说什么：“查点啥，我呒啥毛病查倒查出毛病来了！”我很佩服他的自信与乐观精神。但此后就好像听不到他的声息了。我有时打电话到他家里去，回答也比较模糊，没有确切的语言。直到2013年8月份，我因中暑而住院，不久听说王双庆也住进来了，这才知道他的病情比较严重。我去看他，只见他躺在病床上，好像虚弱得很，连吃饭都要别人喂，夫人、女儿、儿子轮流守候在他的床边，他是深度近视眼，眼镜拿掉了，也不知道他看没有看见我，但脸上总挂着微笑。我出院时同他夫人打了招呼，祝愿老王早日康复。这当然是我的美好愿望。愿望和希望是人生的精神支柱，即使在最困难最艰险的情况下，也不要失掉愿望和希望！

于是要说到童双春先生了，童双春是本书的主角，我要让他最后一个出场，以显示其不同一般之处。童双春在双字辈中，排行第几？是老大还是老二？我弄不清楚，但是有一点是绝对不用怀疑的，就是他人生得最漂亮，眉清目秀，还有一点书卷气。有时候我看他演滑稽戏，甚至有这样的想法：这副面孔演滑稽戏可惜了，可以演沪剧，演话剧，甚至可以演越剧小生。演滑稽戏总要有点“怪腔”可以占不少便宜。比他长一辈的小刘春山年轻时也漂亮，一副大少爷的派头。但他有一样，唱得好，唱沪剧《碧落黄泉》其味道可超过原创者王盘声。童双春也唱得不错，拿手戏是什么，不清楚。有一点是记得很清楚的，“文革”以前他们排的戏，童双春总是演年轻的、进步的角色：团支部书记啊，社会主义青年突击队长啊，等等。他总是代表进步力量的一方面，可见当时的导演在安排角色时也是有所选择的。

童双春的独脚戏我也看过不少，看得出他在这方面下过苦功，效果也不错。恕我直言，但要比起他们两位老师来，在火候上还差一些。姚、周一上台，单是那副样子，哪怕一句口也不开，已经先声夺人，台下就轰动起来了。好在童双春有个好搭档——李青，黑黑的，胖胖的，与童双春一对衬，就形成一股号召力。童双春的唱颇见功夫，口齿清晰，字字入耳，我虽然听得不多，印象却是深刻的。

这次拜读了童双春写的回忆录，才知道他也经历过人生跌宕起伏之境，饱尝过酸甜苦辣的人生况味。也正因为有了这些经历，到了台上，便显得有了分量，有了内涵，出言吐语，不像初出茅庐的小青年那么单薄相了。滑稽是南方曲艺的“大户”，看滑稽其实是看演员，什么戏是什么人演的，大有讲究。同样一只段子，到了有经验的老演员的嘴里，味道就经得起咀嚼，经得起品评。我想，童双春先生演了这么多年的戏，对此应该更有不同于一般人的体会。

我和童双春先生可以说是认识而不熟，但有时见了面，总要打个招呼，笑笑，彼此心照不宣。我则另有一番心思，看他从年纪轻轻蛮漂亮的一个小伙子，如今竟也白发盈颠，面孔起了皱纹，免不了感叹岁月无情，这是任何人都无法违抗的自然规律。既然老了，就要服老，不要再想什么空头心思，还要怎样怎样了。老了，唯一的任务就是自己照顾好自己，自己尽可能活得开心一点。我常说老人需要自由，这个自由以不影响他人为原则，就像孔夫子说的："七十而从心所欲不逾矩。"在条件允许的范围内，尽量生活得好一些，至少不要亏待了自己，委屈了自己。这也是我的老来养生秘诀，以此来献给童双春先生，不知以为然否？

集邮者之情

原刊《新民晚报》

这个十二岁的小朋友喜欢集邮，但他最珍爱的一套邮票不是什么各地风光，也不是什么动物童话，竟是一套“国际残疾人年附捐邮票”。他的感情好不古怪？其实很真诚。原来他父亲是个瘸腿，与同学们的父亲不是运动员就是飞行员相比较，他自感卑屈。他不带同学回家，也不要父亲到学校里来。可是，有一天，他把一份必须要上交的“家庭情况表格”忘记在家了，正在焦急时，一个熟悉的身影打着雨伞，艰难地迈着步伐，默默地走到了他的面前，把表格递给了他，又默默地在雨幕中渐渐远去。他的“鼻子一阵阵发酸”，脸上湿淋淋地“不知是雨水还是泪水”，自此他改变了对父亲的看法；而这套邮票，便“倾注了对父亲的爱”……

上面讲的，是这次集邮征文中的一篇来稿。我不知道它是否能够入选，也不是说文章写得怎么好，我只是用来做一个例证，说明寄来的征文，很多都有一个显著的特色，就是写出了联系于邮票与集邮者之间的“情”字。

“由物生情，传情入理，自理悟人”，于是，集邮就不仅仅是消遣性的玩好，而“升值”为丰富知识、增长见闻、陶冶性情、坚定志向的一种有益的业余或课余进修的活动了。

把这样的体会，通过个人在集邮过程中一个最值回味的故事、一个最值得怀念的场景、一枚虽不是最有价值却花费了时间与心力寻觅得来的邮票，娓娓如谈家常地表达出来，这比单纯地只介绍邮票的何时印制、何时发行、画面是什么、代价是几何也许更能为读者所注意，并能寻求知音，也能吸引新的同好。我想，这次征文的题目，所以非常强调要从“我和邮票”“我喜爱的邮票”或“集邮一得”等方面来取材，目的也就是希望有志于参加征文的朋友，不要把文章做大了，做空了，做板了，做泛了，当然更不好的是做假了。

做文章的感情有真有假。真的感情即使有欠缺，有弱点，也是动人的。假的感情经过一番装饰，好像很冠冕堂皇了，却反而使人难以接近，难以信服。这次的征文，青少年的来稿占了很大的比例，令人喜不自胜，相信这是在家长的鼓励下的尝试。孩子的文章应该是朴实无华的，假使有做作之处，恕我瞎猜一句，也是大人越俎代庖的结果吧！

一个执著的人

——读《我的探索与追求》

原刊《新民晚报》

这本书的名字叫《我的探索和追求》，是一位电影界的老导演穷其一生，辛勤耕耘的记录，虽然弥足珍贵，又不免使人遗憾。

我为什么要有遗憾之叹？ 因为这位老导演已经于 1982 年 12 月去世了，他就是吴永刚。 如果从 1925 年他十九岁进上海百合影片公司当练习生算起，他有五十六七年的从影生涯，先后导演过三十多部影片，还导演过不少舞台剧；他不但是中国电影发展史的参与者，而且是中国社会变革史的见证者，他本应该留下篇幅更多的、涉及面更广的书稿或画稿。 我就听他说过：“我是美工出身，很想画一本当年上海街头、店面风景画，比如香烛店是个什么样子，现在的人恐怕无法想象，然而我们拍电影搭布景的时候就用得着……”这是多么切实有用的工作，他自信在晚年可以从容地用其余绪（他始终不能忘情于在摄影场上奔波）来完成的，可是致命之疾来得如此突然。人生经过大段大段地被闲置之后，一旦到了能够发挥作用的时候，竟又是这样的短促、紧迫！

所以我说这本书又是弥足珍贵的，它毕竟让我们多少了解到这位有成就的电影艺术家的生活态度、思想境界和他已经积聚到手的精神财富。从吴永刚生前给我的印象，又从这本书中得到的印证，他的性格是很执著的，说得通俗一点就是“牛脾气”，凡是他认定了的事，就会义无反顾地做下去，不管前途的吉凶如何。当年他踏上电影界之初，还有一条路摆在他的面前，就是到银行里去当练习生，可以安身立命，将来也许会发财。可是他为了忠于自己的夙愿，竟不惜得罪了前来说服他的一位父执，拂袖而走，“硬着头皮去闯个人奋斗的道路”，“住亭子间，小阁楼，吃饱饭作冷饭菜，必要时还要当些衣物”……

他的“牛脾气”更表现在对艺术风格的追求上。比如饮茶，各有各的爱好，他大概偏爱“碧螺春”，清淡隽永，余味不尽。从他早年拍摄的名作《神女》直到晚年由他指导而得奖的《巴山夜雨》，都不愿以浓妆艳抹取胜。他说：“对于导演工作，我以为看不见的导演为好，演员以不表演为好表演……”这话是什么意思？照我的理解，无非就是“自然”二字，当然是经过艺术锤炼的“自然”，而不是自然主义。“路漫漫其修远兮，吾将上下而求索”，他引用屈原这两句诗来表达自己的心志，这时离他弃世也不过一两年的光景，也可说是至死不悔了。

他的这种“牛脾气”又是1957年的致祸之由。书里收录了他在这一年摄制完工，但被迫停映的《秋翁遇仙记》剧本，读者们不妨自去体会作者想要表露的是什么意思。而我要说的是可惜书里未曾收录的一篇文章，他读龚自珍《病梅馆记》的感受，当时曾经在报上发表过。我记得他引申龚自珍的看法：梅花自有其天然之姿，又何必人为地绑扎成各种怪样子，其实不是美，而是病了。由此谈到做人应该保持固有的本色，等等。这些话在那时候居然是大逆不道，你感到不可理解吗？然而中国的知识分子就是这样折腾过来的。

也好，有这样一段历史曲折，更加显出了吴永刚可爱的执著之性，朋友们也因此更加怀念他。

葡萄美酒「夜光杯」
——《新民晚报》副刊50年足迹

原刊《新闻记者》

《新民晚报》副刊“夜光杯”已有50年的历史，是从1946年5月《新民报》在上海出版晚刊时算起的。

吴祖光首任主笔政

我不是《新民报》最正统的老报人，1946年，我经冯亦代先生的介绍，向《新民报》的副刊投稿，这才知道，这家对开一大张的报纸的二三版，竟办了三个副刊，而且都是我当时所仰慕的名家主编的。二版下面的副刊就是“夜光杯”，吴祖光主编；三版上一半是“夜花园”，文娱性的，李嘉（翻译家，后来任中央社驻日本东京特派记者）主编；下一半是“十字街头”，社会性的，柯灵主编，具体负责编务的是王湛贤（笔名阿湛），后来我们成了同事，也一同在1957年的浩劫中遭难，不过他的遭遇比我要惨得多，流放于外地，不幸身亡。我在这里特地写两笔，是表示怀念的意思，《新民报》也不应该忘记这个人。

我最初是向“夜花园”投稿。不久，主编换了，由吴祖光来编“夜花园”，李嘉去编“夜光杯”。我当然不便打听此中内情，但慢慢地也有所耳闻，吴祖光在“夜光杯”上编发了一篇《冥国国歌》，是仿国民党的党歌，旨在讽刺国民党，这下闯了大祸。经创办人陈铭德先生的斡旋，答应把编辑换掉。但陈先生又是要千方百计保护自己报纸的编辑的，便要了个花招，让吴祖光和李嘉对调一下，便搪塞过去了。

在我看来，《冥国国歌》不过是个爆发点，其实国民党当局早就对“夜光杯”所表现的进步倾向不满了，《冥国国歌》正好让他们找到了借口，想给予致命的一击。但在陈铭德先生的调停、化解之下，未能得逞。陈先生办报，自有一种善于应付上下左右、在重重压力中求生存的艺术，这是值得好好总结的。

又过了些时候，李嘉去了日本，吴祖光去了香港，我不清楚“夜光杯”、“夜花园”这一段时期是谁在主政。有一天，在马路上碰到诗人袁水拍先生，他告诉我，他要去编《新民报》的“夜光杯”，并要我为他写些稿子。袁先生这时白天还在中国银行做事，编“夜光杯”想必用的是业余时间。我这时也进了银行，白天记账，晚上白相，不大有心思写稿子了。还有，自问水平低下，思想糊涂，觉得也写不出能使袁先生中意的东西来。

从“无名氏”到“繁花”“红雨”

转眼霹雳惊天，上海解放了。解放前的报纸，能继续出版的，除了大公、文汇之外，便是《新民报》。这时，上海又创办了两家小型报：《大报》和《亦报》。这是在夏公（衍）的倡议下，利用旧形式来对上海市民进行新形势、新思想宣传教育而创办的两张小报。《大报》的负责人是冯亦代、陈蝶衣，《亦报》的负责人是龚之方、唐云旌（大郎）。

这种四开的小报，有一半的篇幅（即二三版）是副刊，内容以特约作者写的个人专栏为主。这些特约作者可并非等闲之辈，如去年在美国逝世的女作家张爱玲在离开大陆前或者说在上海解放后写的一部小说《十八春》，就是在《亦报》连载发表的，最早的单行本也是由《亦报》出版发行的。其他的作者已经故世的有周作人、张慧剑、卢冀野（词曲家）、陶亢德（与林语堂一起办《论语》等杂志的）、许姬传等。他们虽然都用笔名发表文章，但文章的知识性、可读性还是吸引了很多读者的。

1952 年年初，《大报》完成历史任务，并入《亦报》。这一年新闻界进行思想改造后，《亦报》也完成了历史任务，一部分编辑、记者和管理人员加盟《新民晚报》。1953 年 1 月 1 日起，《新民晚报》正式改为公私合营，报纸的版面也改为四开，每天出一张半。

这半张的两个版面，均为副刊。一个版面由原《亦报》总编辑、后为《新民报》编委的唐云旌主编，大体上仍旧保持《亦报》格局，也吸收了张慧剑先生在合营前的《新民报》上编的“晚会”的内容（以文史掌故为特色）。总的说来，这是一个面向大众、贴近生活又能兼容并蓄的综合性的副刊。

另一个版面好像是编委钱谷风先生主编的时事性副刊，林放的文章最早也是发表在这个副刊上的。

两个副刊我记得都没有取名字。

直到 1960 年 5 月，报纸全面改版，唐云旌编的副刊取名为“繁花”，钱谷风的那一版，改由姚苏凤先生执编，文艺性的，取名“红雨”。

两个副刊都各有独自的风格，都有各自的读者群。但是到了 60 年代初，因纸张的关系，报纸要压缩版面，四开一张半改为四开一张，四个版面，副刊占一个。但是，“繁花”和“红雨”，是去其一而保留其一，还是轮流坐庄？几经研究，决定还是保留“繁花”，去掉“红雨”。为什么？因为从《新民晚报》所面对的读者考虑，“繁花”比“红雨”更投合他们的口味。“繁花”可以兼容文艺性而益增其内容的广泛性和多样性，不妨说，“繁花”比“红雨”更切合《新民晚报》整体风格。

可是，限于当时的政治形势，报纸所能反映的题材是那么狭小，副刊虽名“繁花”，却并不能做到想象中的花枝招展。

到了史无前例的“文革”爆发，《新民晚报》竟被定性为一张反革命修正主义报纸而被勒令停刊，“繁花”副刊想要追求的多样性、知识性、趣味性，也被说成是“软刀子割头”的复辟资本主义的手法而存疑于人们的心中。就这样，含冤负屈地偷生到“四人帮”覆灭，迎来了十一届三中全会召开后的春天。1981 年《新民晚报》获得彻底平反后，敲起了复刊的锣鼓，在新形势下怎样办好一张上海人民怀念已久的晚报，是每一个参与复刊的同人都决心为之付出毕生精力的。

大政方针已经由赵超构定了下来，即流传于今的十六个字：宣传政策、传播知识、移风易俗、丰富生活。

据此，《新民晚报》于 1982 年 1 月 1 日开始复刊，四张，日出一张半，副刊占两个版面，三分天下有其一，那半张都是副刊的领地。

融诸家为一体的新“夜光杯”

既然是两个版面，要不要仍旧像上世纪五十年代至六十年初那样，一个是文艺性的，一个是综合性的。

有人曾经这样主张过，但根据晚报总的方针来考虑，觉得并不适合。而且兄弟报纸都有文艺性的副刊，文艺期刊又出得那么多，《新民晚报》的副刊应该有自己的特色，不必去轧那个闹猛。

又是赵超构先生，还有总编辑束纫秋一锤定音，两个副刊都是综合性的，统一名为“夜光杯”，天天有，细水长流。当时，由副总编辑沈毓刚分管和主持副刊部工作。

我体会赵超构先生的办报思想，人们看报，尤其是看《新民晚报》这样的报纸，应该成为日常生活所需。一份报纸到了手里，先看新闻，后读副刊，犹如每天同熟悉的老朋友相处斗室，纵论古今，世事沧桑、人情冷暖、艺文赏析、风物流连，无所不谈，谈必有趣，既可消闲，亦能益智。我想，“夜光杯”要办出什么“风格”，什么“味道”来的话，把赵超构先生的思想吃透，是至为关键的。

所以取名为“夜光杯”，是想在新形势之下，让副刊的内涵再丰厚一些，品位再高尚一些。“夜光杯”不是原来的“夜光杯”，而是融“夜花园”“十字街头”“晚会”“繁花”“红雨”等为一体的新的“夜光杯”。

就继承前辈的传统来说，如今健在的柯灵先生、吴祖光先生，已故的张慧剑先生、唐大郎先生、姚苏凤先生等，都是我们学习的榜样。他们编副刊，想方设法、精耕细作地为版面尽量表现得有个性，有锋芒，有知识，有情味所花费的心力，并化为一种沉浸于此，乐在其中的个人感情，这是非常难能可贵的。我们这些后继者经常以此自勉。

从 1982 年 1 月 1 日复刊起，迄今一晃又是十四年，我们不敢说取得了多少成绩，但确实也做了不少事，粗略地想一想，大概可以归纳为以下这些：

雅中有俗和俗中有雅

坚持“夜光杯”综合性的方针始终不变的前提下，为丰富其内涵，逐年也对版面作适当的调整、充实和改进。1982 年复刊后不久，就发觉两个版面的统一风格是不能背离，但在内容上亦不妨作一点不落痕迹的分工，当时的第 5 版(今第 14 版)刊登的稿件偏重于时事性、文化性，第 6 版(今第 15 版)的稿件偏重于社会性、生活性。两版又都必须体现出思想性、知识性、趣味性。简单说来，一版是雅中有俗，另一版是俗中有雅。这样的分工，直到今天，恪守无误。

“夜光杯”从复刊之日起，还设置了好多专栏，但也不是一成不变的。即每年根据其生命力的强弱，淘汰一些，新添一些。有的专栏，还是原来触及的题材，但换一名字，为的是想在写法上更耐咀嚼一些。比如有个专栏叫“种花一得”，本来只是介绍家庭养花的常识的，后来改名为“怡红快绿”，就要求作者能把种花养花以怡情悦性的感受抒写出来。今年开辟了“七夕会”这个大专栏，其中有一天是谈日常生活各种情趣，并由此参悟人生的，也包括了养花种花，报纸又另有“花鸟虫鱼”的专版，“夜光杯”何妨让道，“怡红快绿”就此销声匿迹了。

有的专栏，说得不妨自鸣得意一点，已“做出牌子”，声名远播，就要尽力支撑下去。“灯花”是一个，另一个就是“十日谈”。这个专栏且为别的报纸所仿效，可见自有其魅力。可是，说实话，支撑也颇为不易。一是要一组一组的题目想得好，二是要文章写得好，才能保持特色。想题目单靠编辑拍脑袋也不行。于是我们实行“公开招标”，请读者帮忙想题目，颇有设想新奇又很贴近生活的。如有了这样的题目，十篇文章由十位作者从各个不同角度落笔，知识性、故事性又比较强，“十日谈”原有的光彩也就不会减弱了。

言论主导：“世象杂谈”“灯花”之类

坚持言论在版面上的主导地位。这里说的言论，在“雅”的那一版，就是杂文；在“俗”的那一版，就是短评。1992 年以前，“夜光杯”的杂文是以林放的“未晚谈”为主要标志的。“未晚谈”也不妨说是整个《新民晚报》最为叫座的“压台戏”，与其他名家写的杂文，相互映辉。林放去世后，“未晚谈”从此绝响，这是无法挽回的损失。但杂文还是要延续下去。于是我们又开辟了题为“世象杂谈”的专栏。“世象杂谈”是林放一本文集的名字，我们移用过来，只是旨在表明“夜光杯”要一如既往地像林放那样身体力行地提倡杂文，并不要求所有杂文的写法都要遵循林放的风格。杂文也要百花齐放。我们的想法得到了北京、上海和其他地方的名家的支持，时有佳作赐寄，同时也培养了一些最初并不有名，现在已有影响的中年杂文家。

“俗”的那一版的言论，以“灯花”为代表。“灯花”的稿件绝大多数来自群众,从自己生活中所发现的问题着眼,说自己的感受,提个人的建议,微言大义,切实可行,在写法上虽不用杂文的标准来衡量但希望有杂文味,能有谈笑风生的亲切感。现在已拥有了一批“灯文”的基本作者队伍,其中以中学教师为多,外地作者投稿中选者亦不少。

此外,时常见于版面上的一些随笔、小品、杂记之类,夹叙夹议,旁征博引,既可目为散文,亦可视作杂文。

复刊以来在“夜光杯”上发表的言论,何可胜数?既要避免在政治上造成不良影响,又能在读者心目中留有印象。我们在编发稿件时,一直注意要把握好笔下的分寸,要顾全大局,要有益于世道人心,要有比较新颖的、独特的见解,要言之有物,要不说假话、大话和套话,要与读者站在平等的地位相互切磋,而不是居高临下地摆出一副教训人的面孔。

名家新秀,兼收并蓄

牢记赵超构先生生前指出的:我们的读者是 8 岁到 80 岁的各个阶层,有着不同文化程度、不同爱好的普通市民。要能在版面上满足他们的各取所需,既要有老年人喜欢看的,也要有能吸引得住中年人和年轻人的文章。时代不断有新的变化,反映到读者对报纸的要求,也希望不断有新的有异于老的笔法、老的观念的文章。青年女作家素素在第 15 版上开辟的专栏“谈心集”,正是适应了一部分青年读者的口味，因而反响甚烈。

“夜光杯”的作者也来自各个阶层，各个方面。名家自然是我们首先要努力争取的。北京的、上海的、广州的、天津的以及海外的名家，不断有佳作寄来，有不少还是他们主动寄来的。名家的作品总希望能发表在他们认为够格的报纸上。这一点，“夜光杯”并没有使他们失望，有些名家的过誉之词反而令我们汗颜了。最能让名家感到欣慰的，是报纸的销路广，达到一百六七十万份，假使一份报纸有三个人看，就有五百多万读者。名家的文章就算有一半人在看，这影响也是够广远的了。

但是，我们又不能完全依赖名家。撑好一个版面，名家之外，我们还要扶植大量学有专长又愿意在“夜光杯”上抒发己见的暂时还不太有名的作者。尤其要认真、细心编读的，是许多不相识的读者自发来稿，做沙里淘金的工作。“夜光杯”上有些“奇文”，往往是从群众来稿中发现的。比如有位女中学生写了一篇《姐姐要出嫁了》，内容讲她姐姐在父母的强迫下，即将远嫁海外，全家呈现的那种无奈的惆怅的气氛。文章写得虽还稚嫩，但质朴无华，真切感人，就凭这一条，我们就放在第 14 版的“月儿弯弯”专栏中发表了。

连载小说的变迁

关于连载小说，这是晚报副刊传统的“拳头产品”。在五六十年代，张友鸾先生写的《赛霸王》，程大千先生（笔名史果）根据古典戏曲改写的《罗成》《佘赛花》等，曾吸引了当时因文化生活非常单调只能从古人的悲欢离合中寻求慰藉的读者。

复刊后，连载小说仍然是“夜光杯”必须大力经营的一个栏目，但八九十年代又不同于五六十年代，文化生活如此丰富多彩，中国的、外国的新的娱乐项目使人们有了更多的选择，尤其是青年人，大多趋向于时尚的消遣，戏曲故事就相对地不大有吸引力了。因此，连载的题材也要多样化。复刊14年来，各种题材的连载都尝试过。有古代的、现代的、言情的、侦探的、纪实的、传奇的，等等。多数的连载只能赢得一部分人的喜爱，也有少数的作品受到了读者普遍的欢迎，如《大亨》《哈同》《李惠堂》等。台湾女作家琼瑶的言情小说，在大陆报纸上首先以连载形式与读者见面的，是“夜光杯”发表的《雁儿在林梢》，一批女学生为之着了迷。

一般说来，连载小说还是属于通俗文学的范畴，只要故事情节曲折，写得又引人入胜，逐日有悬念的设置，题材不管是古代或现代的，中国或外国的，自能博得读者的青睐。写连载小说也是一门专长，不同于写发表在杂志上的小说，晚报的前辈如张恨水、张友鸾、程大千诸先生都优为之，现在也应该培养出几个专门写连载小说的作家来。今年我们又增辟了连载小说的专版，更需要一批有志于此的后起之秀了。

不同声音有利无弊

版面上要有不同的声音。说来这又源于赵超构先生的倡导。当年赵老写过两篇批评电视连续剧《武松》的文章发表。读者持不同意见者甚多，纷纷来信表示异议。赵老非但不以为忤，还特地命我选择几篇加以修改后刊出。赵老并未为这些读者所说服，但这样做显示了报纸的风格。如果确实错了，让人家指出来，免得形成误导，又有什么不好呢！

因此我们特地辟了一个“读者、作者、编者”的专栏，凡有读者来信指出某一篇稿件在知识、常识，或在记述、评论上有不妥、疏误之处的，只要说得有道理，或全文或摘要，予以刊登。登出来以后，原作者认为说得并不对，或者有误会，再写文章来争鸣的，也登。这样做，不但活跃了版面，而且增强了读者对编辑的信任感，也增强了报纸的声誉。这只有好处，没有坏处，是应该坚持做下去的。

“夜光杯”50年，所以闯出现在这样的天下，形成现在这样的风格，概括为几个字，就是杂、广、趣、精。赵超构先生在世时，不给我们提要求则已，一提要求，就是还要杂一些、广一些。复刊后前任总编辑束纫秋、现任总编辑丁法章，还有别的领导和前辈，经常提醒我们：提高版面质量的关键，也是要广、要杂、要加强知识性。丁法章总编辑更要求我们要出精品，就是副刊上的文章，要更有情味，更有文采，更有深刻的内涵，至少错字也要比别的版面少些。1988 年年底，我到武汉去开一个副刊会议，最后一天请老作家曾卓先生来讲讲话，他一开口，说要办好副刊，竟也是一个“杂”字。这个“杂”字，当然不是杂乱无章，而是内容要更加丰富多彩的意思，就像走进一个琳琅满目的超市，要什么有什么，而且没有伪劣商品。

“芳林新叶催陈叶”，未来的“夜光杯”，相信在严建平同志等一批年富力强的仁人志士刻意经营下，更加璀璨夺目，前途无量。

副刊四题

原刊《新闻记者》

报屁股与后花园

报纸副刊，从前人称“报屁股”。究竟是何出典，人们说法不一。最近看到一种说法，即早年有人到报社访问，看见在一间大办公室的后面，划出一块小地方，是给办副刊的人用的。这块小地方相当一个人的屁股，于是副刊也就成了报屁股。

据我知道，还是从报纸的版面地位来定名的。副刊绝不会放在报纸的第一版，副刊也不会成为报纸的首要内容。与新闻报道相比，它总是处在次要的或附属的部位。人们看报，总是先要知道国内外发生了什么事情，然后出其余绪，再来品味副刊上的文章。然而，这又不等于副刊不重要。新闻报道可以一览而过，副刊却是要经得起细嚼慢咽的。在某种程度上来说，办副刊要比编新闻更加考究一些，这全看有关编辑是否有志于此了。

我也有个跛足的比喻。一张报纸好比一处整体建筑，既有正屋，也有花园。正屋是新闻版，花园就是副刊。议事发令在正屋，怡情悦性在花园。你造访一家人家，正屋当然是非去不可的，但坐一会儿，谈完正事也就意兴索然了。要是这家人家经营了一所颇为别致的花园，却能让你流连忘返，待好半天。副刊办得好可以增加报纸的号召力。就像《红楼梦》里的大观园，名气超过了荣国府，甚至是这部书的代称了。

什么式样的房屋，布置什么风格的花园，其间必须是和谐一致的。一幢西班牙式的小洋房，却让小桥流水、亭台楼阁的中式庭园占据了它的四周，显然是太不调和了。因此办什么样的副刊必须同报纸总的格调取得统一，必须服从于报纸总的编辑方针，如果这个方针确实符合读者需要的话。因为这可以使副刊的特色免于一种孤立之感，同时也可以使副刊和新闻版取得相辅相成的效果。

“软刀子割头”之类

副刊要具有知识性、趣味性、可读性，能起到潜移默化、怡情悦性的作用，这在今日已为许多新闻同行所共认了。但是在“文革”之初，批判报纸的“资产阶级新闻路线”时，这可是一项十恶不赦的弥天大罪，认为是“软刀子割头”，把人民引向了要“吃二遍苦，受二茬罪”的深渊。

面对着这种蛮横无理的责骂，当时也只好默然受之，但心中的疑团总是无法消失的。一个人没有知识，没有趣味，不要说同他交朋友，就是同他在一起开会，听他发言，也是一种难以忍受的痛苦。除非他有权势，你不得不恭聆教训，表面上唯唯诺诺，心里却是巴不得早点离开。

同样地，一张报纸，尤其是报纸的副刊，没有知识，没有趣味，也是交不到朋友，得不到读者的。除非报纸被当作一种政策文件、学习材料，读者硬着头皮，非看不可，否则被当作"别有用心"的人受到怀疑，但内心的厌恶也是无法消除的。

事实也确是如此，"文革"时期的报纸不过就是公开的文件罢了。

那时也有副刊，但上面的文章却是硬邦邦、冷冰冰、干巴巴、急吼吼的。所谓的抒情，也是吹牛不着边际的豪言壮语，令人望而生畏，其实通篇累牍都是假话。

"四人帮"倒台后一年多吧，大概是在《光明日报》上看到唐弢同志一篇谈副刊的文章，提出了恢复知识性、趣味性的问题。当时我看了，真不啻有恍如隔世之感。真理终存在于高明的有识之士中间，也终于会唤起世人的共鸣。

同行们总是小心翼翼，在提到知识性、趣味性的时候，前面加上个思想性，好像多个保险系数。其实这是不必要的顾虑。写文章的人如果没有思想冲动，又怎么会拿起笔来，诉诸稿纸。思想性也可以通过多种多样形式表现出来，达到各种各样的目的。读者看报纸的副刊，等于享受了一次健康有益的文化生活，起到了调剂精神的作用，这也是一种思想性。

靠名家，又不能依赖名家

办副刊要有一批作者。

作者最好是名家。首先当然是在文坛上颇有声望的名家，但同时也要争取虽然不在文坛上扬名，却善于为文的各行各业的名家。

版面上的名家愈多，副刊也愈有身份，质量也可望获得保证。

有些读者投稿不中，迁怒于编者，骂他们专巴结名人，藐视群众，是十足的贵族老爷作风。话虽然难听，也只好听之受之，不必争辩，更不必因此而乱了方寸，吓得不敢向名家组稿了。

但是，也不能养成对名家的依赖性，因为名家总是比较忙的，各方求教的人多，他不能不雨露遍施，广结善缘；也就不可能专门应付你这一家。这是一。

名人有愿意给你写文章，也有不愿意的；有善于写这种"报屁股"文章的，也有满腹经纶，却不善于作此类雕虫小技的。有的名家买你一个面子，寄给一篇稿子来，拜读一番，顿时犯难。文章当然是很有分量的，就是不适合你这个副刊，怎么办？退吧，不礼貌；用吧，实在与本刊格格不入，于是只好"冷处理"放一放再说，但总是对不起名家了。这是二。

我向名家求稿，常是要附带地声明：命笔时请不要过分地一本正经，最好以“出其余绪”的态度来作遣兴的文章。最近又有一位朋友说得好，名家给报纸副刊（比如《新民晚报》）写稿，好比在外面办完了正事，发表了高论之后回到家中，脱下长衫或西服上装，解掉领带，松开领口，不拘形迹地同家人或朋友聊天，倒能说出些不加掩饰的真话和趣话来。

可惜不是所有的名家都能这样洒脱的。这也难怪名家的声望愈大，愈是要考虑到自己的观瞻和影响，未免惜墨如金，你也就不能老是指望他经常有宏文见赐了。因此，组织副刊的稿源，在竭力争取名家赏光的同时，还是要花更大的精力去笼络一批开始为文，已见锋芒的即将出名的作者，再发现一批估计有点希望的投稿者。

每个投稿者都认为自己的文章是副刊需要的，但真正能中度的并不多。编者好比沙里淘金，常常看得头晕眼花。偶然光亮一闪，忽然冒出了一篇题材好、角度新、文章又有点色彩的来稿时，那欣喜的心情也是难以形容的。

编者要委屈自己

作为一个副刊的编者，除了准确、灵活地执行既定的编辑方针外，还要不时地委屈自己任劳任怨地为版面服务。当今之世，“关系第一”。因此报刊编辑收到的关系稿一定也是很多的。“关系”不能不考虑，但也不能完全受制于“关系”。一切服从于版面的需要。

稿件够水平、有质量、能够为版面生色，虽关系而何伤？

否则，即令是大有来头的关系户，如要得罪，也只好得罪了。

话虽如此，有时也实在得罪不起。那就靠编辑下功夫，尽量修饰得稍能入目吧。

副刊编辑当然有他个人的喜爱，版面上却不能全登只是你个人喜爱的东西。比如现在的青年人都不大喜欢中国戏曲，人家把票子送到他的桌子上还是不肯赏光。但读者中肯定有喜欢戏曲的，他们常常希望你的版面上能有所反映，难道就不应该满足一下他们的要求吗？非要他们爱你所爱，结果是失却所爱了。

读者的兴趣、口味，总是各种各样的。报纸总是希望拥有的读者越多越好，那就得想办法把他们争取过来，在版面上吸引他们。好比一个人走进了副食品供应店，琳琅满目，“吃啥有啥”；而不是“有啥吃啥”，显出了一种匮乏相，马上就让人产生了不信任感。

孤芳自赏，或许是一个人的美德。如编报也坚持这种风格，那只有供二三知己咀嚼品味了。报纸编辑天生是要同群众打交道的，副刊编辑也不例外。你实在不愿意，可以改行。否则就请你从俗一些，在工作上尽量增加一些接触面，使自己的兴趣逐渐增多起来。

哀痛的升华

原刊《新民之苑》

老将（赵超构亦即林放）终于走了。这是近两三年来，我们极为担心但又极不希望的事情，却终于发生了。

现在回想起来，也许有好多值得追悔的地方。比如当他一染上感冒之后，就应该硬逼他住进医院去的。甚至没有感冒，每年只要一过了冬至，就该力劝老先生住进医院去避寒的。事实上，有好多能享受这种待遇的人都这样做了。无奈老将总是不肯。只说嫌医院里的生活不自由，其实是出于老先生一贯的为人风格：自爱。他对自己在各方面的需求总是克制了再克制，因而也就过分地苦了自己。

与报社其他老同事相比，我不敢妄攀同老将的交情，但从1952年我进《新民报》起，算来同老将相识也有四十年了。承他的看重，对我做的工作是寄予厚望的。在工作之外，有时候也是能同我谈点心里话的。老将同好多老朋友都谈过心里话，听的人各有体会。我呢，限于始终改不掉的心浮气躁，对有些话的内涵总理解得不深，但总认为是对我的教诲、点拨，这个信念是从来没有动摇过的。

有一次，他同我谈到写文章的态度问题。说："我自己做不到的事情，从来不用来做文章的题目，摆出一副道貌岸然的样子来教训别人。"他谈起"文革"前就掀起的知识青年上山下乡运动，他也曾写文章跟着鼓吹过。谁又料到会出现那么多的后遗症？有了这个教训，老将认为，文人下笔之先，也要先反省一下自己，即使碰到在场面上不得不说的"官话"，也要尽可能实事求是一些，这是做人的起码品德。

于是我又想起 1989 年 4 月 26 日《人民日报》社论发表以后，老将到统战部参加座谈会，我也在场。我记得老将还是那天小组会的召集人，他自然要发言。他首先不赞成少数人搞动乱，说"中国乱不起"。但是，对于盲目参加游行的青年学生，他又特别强调要爱护，要保护，他们是中国的未来。当时别的人都不曾这样说。后来形势的发展证明，老将的发言与党中央对青年学生"既要热情爱护，又要严格要求"的精神是吻合的。

我现在更进一步认识到，这也是老将的政治水平、学识水平达到相当高度的表现。

正因为有这样的水平，他才能成为一名公认的舆论界代表，晚报的一面旗帜。

我们作为后继的新闻工作者应该从这里得到启迪，要想成为一名有出息的“报人”，政治上的锻炼、学识上的进修是该倾毕生之力而追求的。

在与老将相识的四十多年中，波折时起。1957 年“反右”以后，迫于客观的压力，我不敢与老将接近了。“文革”中，我又最先被逐出新闻界，到南京梅山去当炼铁工人。悠悠岁月，浑浑乾坤，今日不知明日事。但对老将和其他几位我自认交谊尚可的晚报同事，有时也自作多情地泛起怀旧之思。有一天做中班，晚上九点多钟，岗位上喇叭忽然响起，在播放一篇对台宣传的文章，最后介绍道：“上面播送的，是原新民晚报社社长赵超构写的文章……”这是老将奉命而作的“官样文章”，不是他的代表作。但在我听来，却有无比亲切之感。故人依旧，这是第一感。接下去的想法就有点“复杂”了。概括地说，有了赵超构在，就仿佛有了一种希望，保存了一种独特的风格，不仅是文化上的，而且是世道上的。“文革”中常常有这样一句吓人的豪语：“荡涤一切污泥浊水。”我则可以很不服气地说：“‘文革’的污泥浊水，荡涤不了一切像赵超构这样的人。”

不是吗，曾几何时，《新民晚报》又复刊了。编辑方针还是赵超构制订的。党信任的还是赵超构，我们的老将。

在老将的感召下，我也回晚报工作了，编副刊。这是老将非常关心的一份工作，副刊应该编成什么样子，也是老将定下的原则，他的“未晚谈”就放在副刊上发表。这是给我们“壮胆”，也是对我们的暗示，要我们在版面上尽可能办得好看一些。归结老将生前对副刊的一个总的要求，就是文章的内容和版面的搭配，都要为“从八岁到八十岁”的各个层次的读者着想，成为他们的知心朋友。切忌自说自话，脱离群众。记得有篇小文章中举了一个“庞公公”的例子。老将第二天就问，这“庞公公”是谁？我们回答是电视剧《胡雪岩》中的一个坏人。老将说：“那你们就应该在稿子上面注一笔，要想到没有看过这部电视剧的读者。”

我清楚地意识到，副刊版面不时有“凑数”的痕迹，不少被选用的稿件都不够质量，老将其实是不满意的。但见面时仍以鼓励为主，说：“篇篇好也难，一天有那么两三篇可以看看的也就不错了。”老先生虽然这样说，我们却不应为此满足，办好一张报刊，确实要受到客观的制约，最难办的就是言论、杂文，时时要提防“走火”。老作家许杰悼老将的挽联说：“林放文章超构笔，夜光杯酒不来香。”是的，没有了林放的“未晚谈”，不仅是“夜光杯”副刊，也是整个《新民晚报》的一大损失，特色从此要减色，夜光杯再也不能注入那香味清醇的名酒了。但是，只要我们当编辑的倾力以赴，精心而作，也可以源源不断地向读者供应其他的，适合各种口味的名酒。至少不要让劣质酒混杂在内，总是可以办得到的吧。相信我们副刊所有的编辑，不管与老将熟识与否，接近与否，对这位德高望重的老社长的崇敬之情是无分彼此的，对老先生逝世的哀痛之情也是难以言喻的。那就把这种哀痛升华为对工作的热爱吧，这是对老将最好的祭奠，最符合老将生前的心愿。

冯英子印象记

原刊《新闻记者》

推荐读一读《我所走过的道路》

冯英子，江苏昆山人，今年（1991 年）76 岁。少时家贫，12 岁当学徒，因此没有显赫的学历，而是自学出身。1932 年在昆山开始投身新闻界，便矢志以此为终身职业。抗战军兴，他辗转到了大后方，担任好多家报纸的编辑、记者、负责人，曾深入到战地采访，写过不少激励抗日斗志的报道。全国解放前，他在香港，主持过一段时期香港《文汇报》的编辑大政，又办过《周末报》。后来到上海，在《新闻日报》任编委；《新闻日报》停刊后，调到《新民晚报》当编委。经过“文化大革命”，到 1982 年《新民晚报》复刊，他任副总编辑，后任评论员（相当于主笔的身份）。此外他还有好多头衔，如：上海市政协常委，大地文化社社长，上海杂文学会副会长，《当代中国》上海卷副主编，等等，就不一一列举了。

以上是冯英子先生的简历。我凭着零零碎碎听来的传闻，好不容易凑成了这一小段，再多就讲不出了。读者如对冯先生传奇式的一生感兴趣，我推荐你读一读他写的那本《我所走过的道路》，1986 年由浙江人民出版社出版，不知现在有售否。

说来惭愧，像冯英子这样一位新闻界的前辈，我过去竟未听说过。这是因为我从小到大，一直都呆在上海，而冯先生是解放后才到上海来工作的。还有，就是我在新闻界的资格浅，不仅是冯先生，其他好多响当当的新闻界前辈我能记住名字的也没有几个。

被“造反派”斥为“死顽固”

认识冯先生，是 1961 年年初，我在奉贤乡下劳动改造有了一定的收获，大气候有点宽舒，可以被调回报社的时候。报社里多了几位新人，其中有位矮矮的、瘦瘦的，常常穿一件深蓝色呢大衣，气派显得与众不同的中年人不知是谁。但很快地也就知道，他是新来的编委冯英子。

我相信冯先生那时一定不会注意我，也不必注意我。直到这一年的年底，我和另一同类梁维栋可以被摘掉右派分子帽子了，在正式宣布前先要在领导阶层通一下气。我记得那天上午，冯先生是参加了通气会的，说不定这时他知道了我，也说不定他还是不记得我，我不应该如此“自作多情”。

以后冯先生与另一位编委沈毓刚共同负责新闻版，又到北京社会主义学院学习一年。又听说常常写些国际评论，但我一篇没有读到过，老实说，也没有兴趣读。当时是一面倒地骂“美帝”、“苏修”，冯先生纵有生花妙笔，也挣不脱这个框框。你不相信去问问冯先生自己，他大概也不会承认这时候写的文章是好文章。

“文化大革命”爆发了，《新民晚报》作为一个“鬼多人少，黑多红少”（某造反战士大字报上的警句）的典型，有资格进入“牛棚”的不是一小撮，而是一大批，冯英子当然也应召入内了。但是事情竟也会发生戏剧性的变化，忽然要批判什么镇压造反派的资产阶级反动路线了，造反派与造反派之间斗起来了，大家都认为自己这一派是最革命的，而革命不革命的分界线又看你敢不敢斗党内走资本主义道路的当权派。这样，像冯英子这一类党外权威就不是主要的斗争对象了，冯英子等也不甘忍受屈辱，也贴出大字报，违心地参加所谓的批判了。

冯英子先生当时是颇受造反派注意的。

但是，好景不长，活跃了没有几时（恕我作嘲讽之语），清理阶级队伍的风雨来临。张春桥的一纸批示，冯英子他们又被打入了十八层阿鼻地狱，境遇比以前更惨了。冯先生因为在平常的言语中对造反派某组织颇多微词，某组织自然对他恨之入骨，在“采取革命行动”的时候，着实让冯先生吃了一些苦头。但我后来耳朵里也刮到一两句造反派的咕哝：“冯英子这人死顽固！”

这句话不正好反映了冯先生的骨头至少不是软的，还有点硬吗？

从《辞海》回新民

1970年年初，被“砸烂了”的新民晚报开始遣散人员，有我在内的六七个人首先被送到南京梅山去劳动。我们这种人是被看作绝对不能再掌握笔杆子的，能有那么一个地方给饭吃，接受工人阶级再教育，够宽大了。走就走，没有什么好留恋的。每天在淮海路的上海教育学院里面搞什么“斗批改”，不绝于耳的“要挖出深藏的阶级敌人”的吼叫声，实在叫人烦透了。我只是不放心上海这个家，尤其不放心孤身在家的78岁老父。至于晚报的同人，不管是有交情的还是没有交情的，今后大概也是“恩断义绝”，不会再有接触的机会了。我想起了《红楼梦》中的两句诗：“三春去后诸芳尽，各自须寻各自门。”

到了南京后，有时传来一点有关晚报同人的消息，无非是一起到了奉贤干校了；又陆续地分到什么单位去了，有的分得好，有的分得差，全看工宣队对你印象如何。这也与我无关。我只羡慕他们到底还不曾离开上海的家里，而我却是“等是有家归不得”了。

传闻冯先生在干校又被批斗了好久，总抓不出什么政治上的辫子，只好宣布“解放”，被分配进了《辞海》，这是当时一些有身份的人比较理想的归宿。后来听冯先生说，《辞海》的藏书甚富，有了很好的读书机会。

这样又过了若干年，我终于争取回到了上海，先在上海石化总厂。1978 年获得改正后，调到了文艺出版社，编辑《艺术世界》杂志。冯先生好像介绍过一篇稿子来。有一天上午，在陕西南路不期而遇，立谈片刻。谈不了几句，冯先生就骂起晚报造反派来，对个别人尤其深恶痛绝。他认为我也是个受害者，在这个问题上颇能引起共鸣的吧。

又过了些时候，可以经常在报上看到冯先生写的文章了。这不能单纯看成是文人积习，喜欢弄笔头，赚稿费，而是知识分子确实为当时的拨乱反正的政治形势所感奋，敢于披肝沥胆，把自己觉察到的时弊（或者叫积重）公开地讲出来，供党决策时作参考，一改“文革”时那种万马齐喑的沉闷状态，这是人们多年来梦寐以求，终能实现的大好事啊！

一场有趣的“笔战”

然而，好事也不易为，有时会引起误会。1981 年 7 月，冯先生在

《解放日报》“朝花”副刊上发表了一篇题为《要一点移山精神》的杂文，主要的意思是说在四化的道路上，还有不少由于封建残余垒成的地方主义、山头主义、本位主义等等有形无形的山头挡住了去路，“因此，要拿出一点移山的精神，把这些山头铲掉，四化建设的大军才能顺利通过”。文章的措辞很温和，并没有什么尖酸刻薄的言语，动机不用说也是好的。

两个月后，“朝花”又发表了一篇署名振千的文章《也要移一移》，指出需要移掉的是冯先生自己头脑的那座山，因为他忘记了 1949 年中国发生的变化，才会对今天的“山”没有正确的看法，“不是‘山’路迷人而是人自迷”，这还是“残余”的“说说风凉话这类旧文人的旧习气”云云。

此文一出，一下子倒把人镇住了，我不知道冯先生当时的心情如何，换了我，一定是很紧张的。

可是，后来的变化又是使人意想不到的。居然有不少人写文章为冯先生打抱不平，指出振千的批评是“联想式”的，有点“无限上纲”的味道。还有人反映到党中央，提出要保护知识分子敢于说话的积极性。听说总书记胡耀邦同志还作了批示，气氛一下子又转过来了。反正喜欢写写文章，议论时政的人在这件事上是受到鼓舞的。

我则认为，不管是冯英子和振千谁的意见对，能够在报上公开辩明是非，批评，反批评，再反反批评，大家摆事实，讲道理的风气还是值得提倡的。在冯先生的《相照集》（三联书店出版）收录了有关“移山”的争论文章，读者如欲了解全过程，不妨找来一读，这里就不再摘抄了。

觥筹交错时的清醒

《新民晚报》复刊，我被调回来编副刊“夜光杯”，自此与冯先生的接触就比“文革”以前频繁了，慢慢地也混熟了，可以随便开开玩笑了。有时我们打趣他：“冯英老，你写过不少文章抨击白吃白喝的不正之风，可是你的应酬也蛮多，不也有白吃白喝的时候吗？”他听了并不以为忤，笑着说：“是啊，可见这股风纠正起来很困难哪。”又说：“我们这种人被拉去吃饭，不过是摆摆场面、凑凑热闹罢了。有时确实感到很无聊。但人家再三再四地来拉你，不去又不好意思，心情是很矛盾的。”这就是冯先生的坦率之处，他批评别人的同时，也把自己放进去一道考虑的。虽然身处觥筹交错之中，头脑却是清醒的。有一次酒宴之后，主人在他面前放了一个信封，回家一看，竟是一百块钱。第二天他一到报社，就上交给党委的纪检部门了。

现在，我与冯先生熟是熟了，也有点交情了，但我依然不敢谬托知己，说怎样怎样了解冯先生。我还是只能谈谈对他的印象，有两点给我的感受是很强烈的。

一是他一谈起日本军国主义的侵华战争，立刻义愤填膺，慷慨激昂。每逢七七事变纪念日、八一三淞沪战争爆发纪念日，还有日本投降纪念日，他都要写文章回顾这段历史，并申述自己的观点。他认为，日本军国主义给中国人民造成的灾难这笔账可以不算，但不能不记。记住这笔账的目的是为了要保持民族的骨气，不要失掉民族的尊严。在改革开放的今天，我们不管是与日本人打交道也好，或是与别的外国人打交道也好，切忌奴颜婢膝，见利忘义，出卖国家和民族利益。

笔墨难为“冯青天”

二是他好管闲事，好打不平。可能因为他写杂文写出了名，好多不认识他的、但含有这样那样冤屈的人都来找他申诉，求他帮忙，有本地的，也有外地的。这又是我们常常取笑他的一个题目，说他成了“冯青天”，实际上也有讽谏之意。我们觉得现在有好多事情并不那么容易办到，老实说你冯英子也没有那么大的力量，比你更有权威的人还常常徒唤奈何呢。我相信冯先生也不是不知道，但人家既然找上门了，对你一片热望，总不能兜头一盆冷水，这在人情上也说不过去。明知其不可为而为之，向有关方面转封信，呼吁一下，还是应该做的吧。我说不清冯先生这些年来这些事情究竟干了多少，肯定有白费纸墨的，甚至有吃力不讨好的，但老先生就是有这股傻劲，或者说是天生的易于激动的脾气，江山好改，本性难移，到老也改不了，改了就不是冯英子了。

今年，是冯英子先生笔耕60周年。其实是虚岁，要到明年才是足岁。一个人不靠别的，就靠一支笔奋斗了60年，这是极其难能可贵的。当年，凭着冯英子这点名望，要想在国民党反动政府里弄个官做做，是随时都有机遇的，但冯先生没有走这条路，只认定了手中的一支笔。到现在，虽然他的社会活动很多，头衔不少，但真正干的实事还是提笔写文章，笔是冯英子的命根子。老了，可以从职位上退下来，居于二线、三线，但写文章没有什么一线、二线之分，只要写得动，活到一百多岁也照样写。冯先生的身体不错，精神尤佳，他会不甘于沉默，用笔来吐露心声的。我本来想用“生命不息，奋笔不已”这八个字来祝福冯先生。但对于一个年近八十的老人来说，“奋笔”，太紧张了，负担太重了，还是在高兴的时候写一点，在不写便觉得闷得慌的时候写一点，这也是一种排遣生活之道，兼有发挥余热、颐养天年的双重功能，质之冯先生，以为如何？

纪念几个人

原刊《新民晚报》

“夜光杯”创刊五十年。说来也巧，1946年，我试着向《新民报》（晚刊）吴祖光、李嘉两位先生主编的副刊“夜光杯”、“夜花园”投稿，到今年1996年从“夜光杯”编辑岗位上彻底退休，正好也是五十年。这样说，并不是为了想给自己纪念什么，何况也没有什么值得纪念，但时间流逝之快的感叹是有的，不过这也是老生常谈，一点不新鲜了。

可我还想纪念几个人，虽然他们的事迹都很平淡，可在“夜光杯”复刊之前、复刊之初，他们都满怀热忱地尽过心，出过力。复刊后的“夜光杯”所以一下子就能站稳脚跟，并初步形成风格，也有他们的辛劳在内，今天应该向他们的在天之灵遥祭一瓣心香。

头一个我想到的是唐云旌（大郎）先生。在五六十年代，他是《新民晚报》副刊“繁花”的主编。我始终认为，今天的“夜光杯”内容，其实是集当年“夜光杯”、“夜花园”和“繁花”之大成。唐先生生前的主张——“一个版面上没有七八个题目，是看不下去的”一直是我们编辑的守则。1980 年晚报已敲起了复刊的锣鼓，那时他已退休，却欣然表示：“给我在副刊部放张桌子，精神好的时候就来坐坐。”不想就在这年夏天，他患癌症去世。我们原本指望要刊登的他那贴近生活、幽默风趣的旧体诗，也从此绝响了。

胡澄清先生，原来是“繁花”的编辑，“夜光杯”复刊时的四大台柱之一。他负责长篇连载。报纸的连载小说不但要有特殊的写法，而且要有特殊的编辑技巧，怎样在关键之处下剪刀，造成悬念，老胡自是行家里手。可惜他带我们带了不到两年，又撒手而去。

复刊后的头一个连载《清风楼》，作者是张友鸾先生，也逝世了。他写这个连载时健康状况已经不好，但晚报复刊的消息使他兴奋莫名，发誓说要为连载打头炮。于是支撑病躯，写一篇寄一篇（他住北京），可以想见他力疾而作的艰苦之状。

第二个连载是徐铸成先生写的《哈同外传》。徐老晚年著述甚丰，各方索稿使他应接不暇。但我们一提出请求，他马上答应。徐老写《哈同》，不完全拘泥于传记小说的路子，而是夹叙夹议，兼有散文、杂文的风味。当时是很受读者欢迎的。后来徐老又开辟了“小楼散记”这个专栏，陆陆续续，一直写到他与我们永别。

秦瘦鸥先生虽然只给我们写过一个长篇连载，但散文写了不少。他还接受了我们的请托，审看长篇来稿。他看得很认真，每看一部，必附有一纸意见，言多中肯。当他的身体已每况愈下时，还频频托人带口信来要稿子看，可我们又怎能忍心再去麻烦他呢！

还有一位张廉如先生，他的笔名很多，有余真、蔺颇等。他经常写生活小品，还帮我们审看“今宵灯谜”的来稿。不要小看这小小的灯谜，它自有一批固定的读者群，也自有它的奥秘，什么徐妃格，什么求凰格，我们不懂，张先生却懂，甘愿帮我们做这种所谓“雕虫小技”的事。张先生年轻时有过一番小小的风光，中年以后多半是默默的，最终走得也是默默的。

我一时想不起还该纪念什么人。可是写到这里，我已经怆然而不能自已了。

编副刊好比做拼盘

——怀念徐铸成先生

原刊《新民晚报》

新闻界前辈徐铸成先生的大名自然是从少年时起就“如雷贯耳”的，后来我也正式进入新闻界，在有些场合，拜识了他的尊颜。但同他有接触，是在70年代末，已经开始拨乱反正之际。一次是同老友龚之方到他1957年以后迁入的马立斯新村（徐老本住枕流公寓）去串门；另一次，漫画家小丁来上海，京剧女老生张文涓在家请吃晚饭，还邀了徐老、之方和我，好像还有叶楠。小丁会拉胡琴，这一天徐老兴致很高地吊了嗓子。听徐老说，他会唱京戏是早年在北京跟谭派名家王君直学的。王君直的弟子甚多，最出名的如言菊朋，如此，则徐老京剧票友的资格，可以与言菊朋平起平坐了。

说起徐老对京剧的研究，我还记得在 1952 年，徐老曾化名为《亦报》写过一组谈京剧特色的稿子。至少，我晓得京剧的表演风格近似国画的写意笔法，是从徐老的文章中得到启示的。当时还有几位京剧演员看了也很佩服，向我打听作者是谁，想去讨教讨教。

此刻在我的案头，还摊着几篇徐老在 1983 年为“夜光杯”写的专栏“小楼散记”，其中一篇《爱管闲事》，这是谈周信芳演《四进士》的。他分析周信芳这出戏所以演得好，是“生动刻画出这个年迈的‘一介小民’爱管闲事，敢打抱不平的性格”。他形容周信芳在公堂那一段散板唱得好，只用了四个字：“悲凉、愤激”。这是道地的“内行话”，徐老看京戏，写文章，都是内行。

作为编者，当时我们把徐老的稿子编发付梓，并没有怎么仔细辨味，如今再翻出来看看，这才发觉行文看似平淡，其实大有深意。如《无锡馄饨》这篇，写他到无锡吃六十年前就常吃的馄饨，吃来吃去，竟还是点心摊上的馄饨滋味最好。至此，徐老似乎不经意地点了一句：“小锅饭是比大锅饭好吃。”

也不仅是徐老，我看好些老前辈写文章写到后来，都摒弃繁文缛节，不硬行装点“才气横溢”的样子，只以平实取胜，但又字字闪烁光芒。

徐老对我们“夜光杯”最大的支持，是在复刊初期，应束纫秋、沈毓刚两位先生之请，慨然执笔，写了长篇连载《哈同外传》。我们晚报副刊过去所以能吸引读者的栏目之一，就是长篇连载。进入 80 年代，面对新的形势，什么样题材的长篇连载最有叫座能力？徐老写的《哈同外传》给我们提供了信息：写上海近百年来的历史，选择对象，触及社会，从五花八门、光怪陆离中理出一条变化发展的主线。徐老就是这样写的。他不拘泥于小说的体裁和章法，在叙述故事中也抒发本人的见解，对社会背景的剖析，尤其有参考的价值。

“夜光杯”出了一段时期，徐老看了版面，带有勉励性地写信对我们说：编副刊版面好比高明的厨师做拼盘，选料要精，搭配要得当，注意花色品种，懂得吃客的口味，然后拼出一只色香味俱佳的拼盘来；关键在于编者的认真和精心……徐老已经离开我们多年了。以前我还在岗位上时，常常以徐老的话为警策。这里再转告现在副刊的当家人和各位编辑，也可共勉之。

信得过的人

——怀念张廉如先生

原刊《新民晚报》

“夜光杯”复刊后，有几个专栏十六年来一直保持着，其中就有“今宵灯谜”。

有些人不理解，这种“小玩意儿”究竟有多少读者，编者为什么老是让它在版面上占据了小小的一角？

诚然，对它不感兴趣的人有的是，但对它颇感兴趣，并乐在其中的人也多得很。不说外地，就在上海，喜欢玩灯谜的人还分成了好几派，有相互争胜的。

“夜光杯”所以设此专栏，就是为了吸引这一部分读者而设置的，同时也是为了点缀版面，题目多一点，大大小小，看上去热闹一点。

“文革”以前的副刊叫“繁花”，就有“一日一谜”的设置，编辑中有人颇谙此道。现在我们有“今宵灯谜”，但编辑中却没有人懂。正规的“灯谜”不是随便猜谜谜子，它有各种各样的“格”，如徐妃格、秋千格、卷帘格，等等，同时还要求肚子里有点墨水，脑子里另有巧思。为此，我们不得不求诸外援，已故的张廉如先生就帮了我们好多年的忙。

张先生有古书的底子，通晓诗词，下棋、灯谜，都有一手，是标准的海上文人。虽然他有正式的职业，写文章属于“玩票”的性质，却玩出了相当的名气。早年上海各小型报上有署名“柳絮”写的随笔、小品，拥有固定的读者。“柳絮”就是张先生的笔名。

张先生也是“文革”前晚报的作者。复刊后，我们理所当然地要请张先生做基本作者，写他拿手的生活小品，不过笔名换了，且不止一个，有“蔺颇”“余真”等。

张先生写的“生活小品”，自然是写他熟悉的生活，也是一般市民的日常生活，但在张先生的笔下，实实在在，甘苦自知，透露出一种别人想说又说不出的意思来。所谓文笔要有“味儿”，于此可以稍稍咀嚼再三。

张先生平生也就以写这种小品为乐。在他去世前两年，曾复印了一份他在香港《文汇报》副刊上写的小品给我看，并在信中表示了他的“快意”，并不在乎稿费什么的，只要能让他写，感情也就有寄托了。

我们所以请张先生协助审阅灯谜来稿，除了因为他是行家之外，更看中他为人的宽厚和正派，来稿交到他手里，选用哪一条，剔除哪一条，我们信得过。

不料张先生忽然就得了病，忽然就去世了。听说张先生好像有预感，写字台内一切都整理得有条不紊，包括为我们看的灯谜稿，也交代得清清楚楚，在版面上延续了好久。直到我们请到了“接班人”，就是现在的陈振鹏先生，他也是张先生的生前友好。

我前面说张先生是海上文人。现在也经常听人议论什么是“海派”，各有各的见解。其实“海派”不只是一种模式，更不是表面化的一套。我可以说，张先生就体现了一种海派风格，但他给你的印象却是沉静、耿直，甚至还有点孤僻，可见认识人还是要多从他的内涵着眼，这也是最靠得住的交友之道，用人之道。

怀念王一麟

一麟，你终于离开我们这班老同事，老朋友，去了。

我现在一想起来就觉得内疚，愧悔。因为你病了那么久，我却一直没有能来看你。当然也有原因，一是工作实在太忙，我自己的健康状况也不是最好；二是我总以为，你的病虽然严重，但凭着你的乐观、放达、顽强的精神，大概还会活一阵子，说不定还会好起来。直到你去世的那天上午，我听同志说，王一麟问起你，要去看赶快去看看吧。这才在下午，匆匆地抽出了一点时间，到医院去看了你。你虽然已经休克过去一次，但我来看你的时候，你正好醒来，认出了我，原谅了我的疏忽，对我说了声“Bye Bye！”

当时我看出你是不行了。嘴上在安慰你，心里却是凄然于怀。这些年来，先有小秀之死，后有大郎之丧，现在你又命在旦夕，总觉得有点造化弄人，使我们一一失去了可共切磋，可共输诚，以及可共谈笑的好同志、好朋友，使我们本来可以办得更好的事情受到了打击，呜呼，痛哉！

一麟，你是一个怎样的人呢？ 我认为，你是一个有着不少缺点、弱点的人，然而又是一个非常真实、非常可爱的人，一个可以患难与共的人。 朋友失意了，你并不疏远他；朋友得意了，你也不去逢迎他，你还是你，保持着你表里如一的本色。

一麟，凭着你的才能，你可以做一个编辑、记者，从前你也做过编辑、记者。 可是你却安然做一名校对，而且做到那么认真负责，富有水平。 至少在我的印象中，你不曾有过什么名位之争、权欲之望。 你早已超过了退休的年龄，可是你还在孜孜矻矻地为消灭报刊上的错误作出贡献，直到你发病为止。

一麟，晚报复刊之初，尤其是我们副刊，在处于极端忙乱的状态中，因为有你的协助把关，使我们减少了差一点就要公开出丑的错误。 你不仅为我们校正了许多错字，还对一些稿件的内容、事实，提出了积极的意见和建议。 有你在，因为是老朋友，我们可以毫不客气对你提出要求而不必有所顾忌。 当然，我们和校对组其他的同志也合作得很好，得到了他们的大力帮助，年轻的同志也接上来了。 但是，多你一个老同志、老校对，多你一双仔细的眼睛，事情总要好一些。 然而，你竟撒手而去了……

一麟，你已经为新闻工作献出了一生。 《新民晚报》复刊一年多来，受到群众那样的欢迎，这里也有你的一份功劳。

一麟，你去了，我们怀念你。 哭泣是徒劳无益的，你生前也不喜欢这样的儿女之态。 我只有更好地努力工作，把晚报副刊办得更符合群众的需要，以酬谢你生前对我的厚望。

注：本文未发表，只在王一麟追思会上宣读过一次。

怆然欲涕想何为

原刊《新民晚报》

庚寅年岁暮天寒之际，何为走了！ 报上说他终年 90 岁，那是虚岁。 他 1922 年出生，要到今年（2011 年）4 月份才满 89 周岁。当然 89 岁也可以称为克享高龄的“大老”，说明他的生命力还是很坚强的，但脆弱性的一面也随之日益显现。 听说他这次因胆囊炎发作而住院，很痛，又发高烧，不得不动手术。 手术后头几天情况倒蛮好，不知怎么一下子就发生了变故。

我很懊悔。 因为去年 11 月至 12 月初我在徐汇区中心医院住了个把月，上午吊针，下午如不做检查，就有点闲得发慌。 曾经想去看望一下何为，他家就住在医院对过陕西南路口的一条弄堂内，跑过去是很便当的。 但想想何为每天下午有睡午觉的习惯，时间而且很长，去了可能会干扰他的清梦。 那就先打个电话去联系一下。 要命，记电话号码的小本本又忘记带来了，就此耽误下来。

老年人想做点什么事，如条件允许，最好马上就做，一耽误就可能有变化，有主观上的，也有客观上的，让你意料不到。

我记得，何为年轻时容易犯气喘病，一发作起来很痛苦，住过几次医院，凭那时的医学水平，想过种种办法，都没有什么显著的效果。后来倒不大听见他为此而向朋友诉苦了，也不看见他抽香烟了。他年轻时抽烟很厉害，也很考究，可能就是因为气喘病，后来戒了。

他也很喜欢喝咖啡。我们认识以后就常常在一起泡咖啡馆。经常又是冯亦代先生请客，在座的还有董乐山、李君维二兄，地点多在南京东路惠中饭店楼下那间装饰有维多利亚风格的大厅内。经常还可以碰见电影名导演陈鲤庭先生，他总是一个人带本书，要在那里消磨一个下午。如果是我和何为两个人，多半是星期日上午在老锦江饭店底层的咖啡室，人不多，很清静。何为喝咖啡也有一套，他有时买两块里面装有白兰地的酒心巧克力，咬开后将白兰地倒在咖啡里，喝起来想必别有风味。我却没有尝试过。

这些事情，从前我都不好说，也不敢说。因为“充满了资产阶级情调”，说出来在我是无所谓的，但会影响何为的清誉。相信何为自己也想竭力忘掉这些事情。真的忘记得了吗？

说到何为的散文，朋友们都一致认为是写得好的，有味道。早先我常常听见他提起何其芳与沙汀，总带着崇敬的口吻。我就暗暗猜想，何为的散文风格是不是深受这两位大作家的影响？有一点是肯定的，何为的写作态度很严谨，每写一篇总要经过深思熟虑之后方才动笔。在写作的过程中又总要反复地琢磨、推敲，尤其是在思想意识方面，怎样才能把握得恰到好处，而文章的可读性又很强。收进中学语文教材里的《第二次考试》当是他中年的代表作。我记得还有一篇《临江楼记》，也发表在《人民日报》的副刊上，很引人注目。

其实，何为还有些文章，同样也显示了他多方面的才华。大概是1946年的一天，在《新民报》晚刊的“夜花园”副刊上，何为用“夏侯宠”的笔名写过一篇《末路王孙夜游记》。这是属于“新感觉派”一类，用何为本人的话说是比较“软性”的游戏文字，写十里洋场的夜生活，有一种神秘诡异的情味。偶一为之，无伤大雅。然而在过去一个很长的时期内我也不说，说了未必有人理解。

大概是1947年吧，国民党中央银行上海分行发生了一桩盗窃金砖案，引起轰动，行窃者是该行一个年轻的行员，好像姓陈。冯亦代即提议用这个题材写一个电影剧本，由他与何为合作，执笔者自然是何为。过了些时候，何为已写成一部分初稿，并在咖啡馆内跟我们谈起他的构思和设想。我记得一开头的字幕画面是天气阴沉，凛冽的寒风吹起散落在地上一张张的纸头，纸头一张张贴在墙上，映出了摄制人员和演员的名字。我们听了都为之叫好，说气氛营造得很浓烈，像英国电影的格调。

我说的这些，可能都不是何为一生创作的主流。但我认为，人的一生不可能都是主流，必定也有支流。从历史的眼光看，说不定有些支流倒更加耐人寻味。

近几年何为在“夜光杯”开辟的专栏“纸上烟云”，我篇篇都看。其中有一篇好像是说写文章应力求自然，用最普通的字句、最浅显的语言写含有深意的文章，云云。我认为何为的写作又进入了一个新的境界。用王国维在《人间词话》里说的比喻，就是“众里寻他千百度。蓦然回首，那人却在灯火阑珊处”的境界，或者说就是“文章本天成，妙手偶得之”的境界。我体会何为的意思，文章写得如果不留痕迹，看不出有什么技巧，倒是技巧已经成熟，不需要装模作样的了。

可惜何为后来因为眼睛不好，不写了。大约是前年春夏之交吧，我因咳嗽不止，去“徐中心”看门诊，并在输液处吊针。不一会儿，何为由保姆陪着，也来吊针，就坐在我的旁边，两人自然无话不谈。他问起我的眼睛。我说看书看报得用放大镜。他叹了一口气，说：“我就是用十只放大镜也不行。”不过我看他的行动还很利索，估计一时无大碍。

马上就要过春节。如今时兴电话拜年。不是倚老卖老，每年多数是人家打给我的。只有两个人，是我主动打过去的，一个是北京的李君维，一个就是何为。老朋友不能见面，听听声音也是好的。可是今年，何为的声音听不到了，想到这里，不禁怆然欲涕！

海婴就是海婴

原刊《新民晚报》

听到周海婴去世的消息，我正在病中，就更增添了无限的伤感。他比我还小几岁，人是瘦一点，以前并没有听他说过有什么病，怎么一下子就走了呢！

再想想，人活到一大把年纪，即使表面上看起来还是蛮有精神的，其实禁不起什么刺激或侵袭。已故的老作家许杰先生和我认识时，已八十开外。他对我说："我够本了，以后再也不怕什么了。"他果然很坚强，活到了 94 岁。一天早上起来，忽然狠狠地打了个喷嚏，就此瘫倒在地，救不回来了。

怪不得好几个月没有接到海婴的电话，想必他人是不适意，想必他自己也不曾料到会死。他不是还有好些事情没有做完吗……

我和海婴相识于 1988 年第七届全国人代会。以后五年，每年都要在北京见一次面。我和他并不在一个小组，也不同在一个房间休息（他与上海古籍出版社总编辑钱伯诚先生相处一室）。但每逢全团开会审议什么的时候，我们就很自然地坐在一起，总是拣靠后一点的位子坐，也总是在虚心静听。尤其是有中央领导来参加的时候，海婴那种聚精会神想从领导的发言中领会什么那种谦抑严谨的态度，使我受到了很大的感染。

已记不清是第几次大会，在代表团的驻地，新华书店前来摆摊售书，我买了一本梁实秋散文选（大陆出版的）。放在床前的柜子上，海婴看到了，说："借几天看看好不好？"当然好。真的是过了几天，他来还书，我问他有何感想，他就说了三个字："呒没啥！"我没有再追问下去，但彼此都心里有数。梁实秋早年是被鲁迅骂过的吧？在一段时期内，他与周作人同被视为"汉奸文人"。现在这一桩历史公案总算弄清楚了，我相信海婴对此会有自己的独立思考。

第七届全国人大五年任满，我"下野"了，海婴转任全国政协委员。我们结束了公事上的交流，但作为朋友的私人来往反而多了起来。他和夫人每次到上海，只要有多余的时间，总会打电话给我，找机会见上一面。他也告诉过钱伯诚先生。一次钱老在他的新居请海婴夫妇吃饭，就邀我作陪。

我曾经请海婴夫妇来参观过当时还在延安中路的《新民晚报》。总编辑丁法章先生慷慨做东，就在晚报食堂摆了一桌，几位陪客都是大有来历的。我举杯说，今天的聚会不容易，有鲁迅的儿子、李小峰的女儿（晚报记者李葵南，后连任三届全国人大代表），严独鹤的孙子（现任晚报副总编严建平），都是名门之后啊！

后来我又约海婴到兰心大戏院听过一次评弹。这也许是海婴以前没有接触过的娱乐活动吧，他好像有点兴味，但我断定他自己是不会去听的。

我还请海婴夫妇吃过苏州面点，吃过名厨莫有财的扬州菜……总之，我的这些生活趣味，以及我用“秦绿枝”笔名写的那些小文，竟是这位“鲁迅的儿子”可以接受的异类。其实海婴也是一个有着多方面趣味的人。他喜欢摆弄无线电，这是大家都知道的。及至近年他出版了《镜匣人生》这样一本大型的摄影画册，才知道他二十多岁就迷上了照相机。海婴告诉我：只要是正当的消遣，母亲许广平从来都是鼓励的。我想，如果鲁迅在世，也一定不会拦阻儿子的这些爱好。父亲只告诫儿子要做实事，不要做“空头文学家”。海婴这一点做到了。但家学渊源，他也不是不会写文章，所以他就写了那本《鲁迅与我七十年》。

关于海婴这些年做的有关鲁迅的一些事情，我从来不问。见面时只聊聊彼此的近况，实打实地谈谈彼此的生活感受。有时候，海婴也略微向我透露一点他现在又为鲁迅做了些什么。比如鲁迅逝世后原葬于虹桥万国公墓，于上世纪五十年代迁往虹口公园（即鲁迅公园）。前些年他就申请在万国公墓立一块石碑，不过是记载一下历史的陈迹。一直未有具体的回复。直到习近平同志在上海主政时，知道了这件事，作了批示，终于落实了。

上海拍过一部有关鲁迅和许广平的电视剧吧，好像是张瑜演的许广平。海婴来上海看了这部电视剧。也就是这一次，海婴在陕西南路一家餐厅请我小聚，自然有他夫人，还有他的内弟。我没有问这部电视剧拍得如何，海婴也没有谈，只“咕哝”了一个细节。剧中，许广平从厨房里拎了一铜吊热水到二楼卫生间为海婴洗澡，脚上穿的是“玻璃丝袜”……我猜，海婴的意思大概是那时许广平脚上可能穿丝袜，但绝不是玻璃丝袜。

算来和海婴相交二十多年，让我认识到了“为人本色”这个概念的形象化、具体化。周海婴是鲁迅的儿子，这个巨大的影子一直伴随着他，使他到处都让人另眼相看。只要和他接触多了，也自会有这样的感受，周海婴就是周海婴，他有自己的个性。

海婴生前和我通电话，有时是从北京打来的。记不清是去年的什么时候，他又打电话来，告诉我已到了上海。我问这次能见个面吗？他说，不行，下一次吧。

谁知他竟走了，再也没有下一次了。

重读《儒林外史》

原刊《新民晚报》

看了电视剧《王三姑娘》《范进中举》和《两根灯草》，不禁引起我重读《儒林外史》的兴趣。觉得小时候初读这本小说，虽然也从头至尾地读下去了，其实是囫囵吞枣，并没有能真正咀嚼出它的味道来。特别对一些微言大义的地方，非但看不出其妙处，甚至还嫌写得太平淡了，不过瘾，不解气。

这次读《儒林外史》，总算悟出了一个道理：写书固然要有生活基础，读书又何尝不需要有生活经历？假使读书的人和写书的人有类似的命运和遭遇，那就更能从字里行间勾起感情的共鸣。《儒林外史》的作者吴敬梓是在他从家乡全椒移居南京，家境转为贫困之后，缩短了他和广大人民的距离，熟悉了他们的想法和要求，他自己对社会的观察才有了更深刻的认识，笔下的爱和恨才不是空洞的无病呻吟，而是内涵非常丰厚的现实主义不朽之作。

在经过了若干年的积累知识，也懂得了一些人情世态之后，自以为对《儒林外史》有了以下的体会，因为篇幅所限，先谈两点。

一、作者着重地批判了当时（明写明朝，暗指清朝）封建官僚统治的科举考试制度。这种考试，又是以八股文为主要课题的。所谓八股文，是在固定的程式里，靠变换字句来阐发所谓圣贤经传的道理，从形式到内容，都是僵死的东西。“学而优则仕”，读书人要做官，唯一的出路就是应付科举考试，因而也不得不长年累月、死心塌地去钻八股文，思想受到了残酷的束缚，有的人甚至精神分裂了，如范进就是。

二、对道貌岸然的伪君子的抨击。这些伪君子，大多又是乡绅仕宦之流，即台面上的人物。如哄吓诈骗、无恶不作的严贡生，居然厚着脸皮对人说：“小弟只是一个为人率真，在乡里之间，从不晓得占人寸丝半粟的便宜……”但紧接着就暴露了他的底细，说他“这高要，是广东出名县份，一岁之中，钱粮……不下万金”。他嫌现任的汤知县搜刮的方法还不够狠，只能得八千金，而前任知县可得万金。而要另外出些花头，就用得着“我们几个要紧的人”。可恶就可恶在他说这话时，好像是理所当然的一般，辗转在这种人统治之下的小民，就分外难以为生了。

读《儒林外史》，需要有一点耐心，要从弦外之音去找文章的锋芒所指，单单从表面上找不到什么刺激的。文章真的写得功夫到了家，就是像《儒林外史》那样，似枯实腴，似平实奇，纯以白描取胜的。

写到这里，有人也许会说，《儒林外史》的这些好处，早就有了定论，人家说得比你还要精辟透彻，还用着你再来啰嗦。请原谅，我的这个学习体会不是写给行家看的，而是向至今犹对《儒林外史》这些中国的古典文学名著抱“呒啥看头”（没什么看头）成见的青年人，作一些鼓动而已。

孵茶馆

原刊《清风集》

早年，上海的退休老人所以能打发日子，靠的是这三样消遣：听书、孵混堂（浴室）、坐茶馆。这三样又都与茶有关系，坐茶馆自然要吃茶，听书、孵混堂也要吃茶。浴室里的老客人总是自己带一包茶叶，交给堂倌（服务员）。等到你从“大汤”（大浴室）出水以后，给你泡来，热腾腾的手巾揩上两把，再喝一口热腾腾的茶，只觉百脉通畅，一会儿便呼呼入睡了。近年，这三样都起了变化。浴室还是那么几家，浴客却多了好几倍，经常是人满为患。堂倌的面孔时时换，老的走了，新的来了。他们的眼里，只有一批能够拿得出外烟的青年个体户。仅靠退休金度日的老浴客能够插上一脚，让你洗把澡已是天大面子，再要享受以前的“特权”，请打消此念吧。

听书呢，首先是书场大都关停并转，只剩了两三家，有一家新开的“乡音书苑”，倒恢复早先的老传统，不但有茶吃，还可吃点心。只是座位不多，仅容纳百把人，书目又是一星期换一次，无论是老听客还是老茶客，都觉得不过瘾。

现在该说到坐茶馆了。老舍笔下的北京《茶馆》，反映了社会的变迁。在其他地方的茶馆，又何尝不是如此？当政者如要体察民情，即使自己不便去，也不妨派手下人经常去坐坐茶馆，可以听到真正的民间声音。不过，老百姓也知道厉害，在公共场合不能随便瞎说，所以早先的茶馆的板壁上贴有“莫谈国事”的条子。最近有朋友写信来约我上茶馆，说他和几个老友新近觅得一个好地方，茶四角一杯，点心吃否随意。他们每逢星期日清晨六时在那里碰头，上下古今，天南地北，无所不谈，但又订一条原则：“从心所欲不逾矩”。我明白这是什么意思。但我一次未曾赴约，一是路太远，要换乘两三辆公交车；二是休息天好不容易捞到睡懒觉的机会，起不来。

我这人就是有点懒，更缺少恒心，连上茶馆吃茶也是这样。从前我的老宅邻近上海的复兴公园（原法国公园），里面有家茶室，天天高朋满座。其中有不少老朋友，还有些是我当年颇为敬仰、渴想一见而见不到的人。他们垂老之年，都到这里来消磨生涯了。有的还是从老远的地方赶来的，风雨无阻。他们有时带信叫我去坐坐。但我平时没有空，星期日则怕挤。难得去一两次，也发觉了一点，公园茶室的茶叶也并非上乘，要喝好茶尽可以在家里泡来吃，坐在沙发上，舒舒服服，不比茶室里的椅子强？却偏偏要来忍受这吞云吐雾的气氛。原来老人最怕的是一种孤独感。家里不是有老伴，有儿孙，算孤独吗？是的，不孤独。但有些言不及义的话却是不好同老伴、同儿孙讲的。只有在茶馆的那种环境里才能尽情宣泄。所以，吃茶亦如饮酒，如果不仅仅是为了解渴，而要享受一种人生稍稍放纵之乐，须要有两三个谈得来的朋友共同沉湎其中。好在茶瘾要比酒瘾、烟瘾好些，不会戕伤身体，而且有明目清脾之效。但是爱吃茶的人好多都爱饮酒、吸烟，“老来唯爱烟酒茶”，这是一个朋友的自白，他认为这三样是晚年最低的生活要求，再也不能减免的了。

令人感到遗憾的是：上海现今的一些公园茶室，纷纷转业，经过装修，改为高级饭馆。这使一些老茶客未免有流离失所之叹，提了意见也不怎么有用，卖茶能有多少赢利，奖金又从何而来？老茶客再想想，也就谅解了。但早上到公园的习惯还是改不掉的，没有茶喝就自己带。我看见有好几位老先生，用一只保暖杯，在家把茶泡了，放在拎包里，谈得兴浓，就掏出来喝两口。还有一老先生一天要赶好几个场子，因为在别的公园里还有他等着碰头的朋友。各个公园有各自的常客，不光是地理位置的关系，还有行业、同乡、爱好这类因素的，比如唱沪剧的退休的老人多爱在上海淮海路上的嵩山公园碰头，玩鸟的人又喜欢到南市文庙去，让自己的宠物在众鸟面前比试歌喉。

照我个人上茶馆的经历，我十分怀念在1955年至1957年夏天，与杂文家林放先生、报界老前辈姚苏凤先生等经常在风光晴好的下午，把报纸编完付印以后，一同逛老城隍庙，在那里的春风得意楼吃茶的情景。上海老城隍庙内的茶馆很多，但我们偏爱得意楼。这是一幢古老的三层楼建筑，那格局在想象中与旧小说中描写的茶楼酒肆相近似。楼下吃茶的地方，用现在的话说，稍微低级一点，以所谓贩夫走卒为多。但门口有一烧饼摊，出来的香酥大饼，令人馋涎欲滴。二楼吃茶兼听书。三楼玩鸟者聚会，但也不过是一个早市的热闹，下半天便冷冷清清，只有寄养于此的几声鸟鸣。三楼的南端有一个三面是玻璃窗的小间，里面放了几张桌子和若干把藤椅，显然，这是有点身份的熟客的雅座。我们凭着新闻记者这个特殊职业，也被允许入内。踞座其中，纵谈一切，茶叶虽不属上品，但也够味。我们在这里领略了一种“闲情”的意趣。

上海人称上茶馆、上咖啡馆为“孵”茶馆、“孵”咖啡馆。一个“孵”字，点出了个心中滋味。与北京人说的“泡”，有异曲同工之妙。“一张一弛，文武之道”。我们这些做文字工作的人被工作和生活的担子压得不轻，思想上的弦又绷得很紧，能够有茶馆这种场所让精神松弛一下，未始不可收延年益寿之效。

可惜，老城隍庙后来进行改建，扩大原来的豫园范围，拆掉了不少旧的房舍，得意楼亦在其内。其实何必！把它整修油漆一下，不是更能保存传统的旧貌。现在豫园里的一些厅堂，可供观赏，难以盘桓。也有那么一二处楼堂可供饮茶，但平时朱门紧闭，绣帘低垂，那是专供外宾或贵客休息的，一般游客唯有仰望兴叹而已。

现在老城隍庙内只剩下了一家茶馆店，即九曲桥上的湖心亭，这是一幢有百年历史的古建筑。于是引起了文物工作者和商业工作者的争议。文物工作者主张这地方应该保护起来，不能轻易让游客随便糟蹋。园林专家陈从周对此尤为固执己见，说总有一天，茶炉子会烧掉了这所古建筑。商业工作者则认为这是群众的需要，湖心吃茶原是游老城隍庙的一大特色，如再取消，那就太不考虑一般人的实际了。

即使在从前，老城隍庙茶馆多的时候，我们也很少去湖心亭，嫌那里人多嘈杂，吃来吃去还是得意楼。近年我常常向林放老人提议："到个什么地方坐坐好不好？"他先说"好啊"，继而又说："哪里再找一个像得意楼那样适合我辈口味的地方呢？"那些灯红酒绿，或者充满了幻影奇彩的宾馆茶座，他是随便怎样也不肯去的，再说，也开销不起啊！

我常常想，上海开了那么多的酒吧、咖啡屋，为什么就不开爿茶楼，像广州的茶楼那样，营业保证鼎盛。我要有钱，并有做生意的本领，一定出资造上一家，既为娱客，兼亦自娱。

石路上的复盛居

原刊《新民晚报》

年轻的时候，我们这些人的经济不宽裕（现在也不富有），白天又常在外面跑，来不及回单位或回家吃午饭，只好吃馆子，都是小馆子。所谓“小馆子”是相对大菜馆大饭店而言的，有的并不小。但我现在说的这一家，才是真正的小馆子，就是福建路上的“复盛居”，北方馆子。

在从前，福建路从南京东路到福州路这一段又叫石路，聚集了众多的旧衣铺，石路也因淘旧衣而出名。复盛居就在临近南京东路这一头的石路上一条小弄堂内。是弄堂外面的墙上还是电线杆上钉着一块小招牌上写“复盛居”三个字，一般人走过难免会忽略无睹，只有熟悉的老吃客至此转身拐进小弄堂，盖有顶棚，右手有扇门，门上挂着门帘，上有“复盛居”三个大字，掀帘而入便是。门帘天热时是布的，天冷时换了棉的，可以挡风。

说是条小弄堂，好像只此复盛居一家，也许还有别家店铺的后门，我没有注意。我只看到复盛居门外靠墙还放着一扇大案板和一个大炉子，是烘制烧饼用的。复盛居也许有好几种烧饼，但我只吃一种：火烧，狭长的，没有芝麻，糅进了油酥，烘得既软又脆，用的也不是精白面粉，就是“本面”。

走进复盛居的室内，我看顶多也不过二十几个平方，放了六七张长方形桌子，一式的长条凳，都没有油漆过，本色的，年代久了，也变成褐黄色的了。四壁没有什么装饰，靠北面是厨房间，里面有两三个师傅在忙着，外面好像只有一个跑堂的。生意不能说不好，但总有一两张桌子空着，走进去就有座位。大概中午的吃客只是为了填饱一下肚子，匆匆来去，很少喝酒，可能都在晚上喝，逗留的时间便长一些。

我头一次去复盛居是位比我年长十多岁也是姓吴的朋友带去的，两个人坐下来，要了两客火烧（记得是六只），一盆酱肉，两碗片儿汤。酱肉是好吃，不是红的，而是白的，切成一片片，肥瘦均匀，入口酥烂仍有咬嚼，味道咸滋滋的却很鲜。我把火烧掰开来夹了酱肉吃，一连吃了三个，很饱了，片儿汤只喝两三口就吃不下了。

那天自然是朋友付的账，大概没有花多少，因为我那朋友不是个大把花钱的人。不久后我就一个人去了一次，酱肉、火烧是一定要吃的，片儿汤换成酸辣汤，吃下来按照当今的时价不过十三四元的光景。下一次来我还要了一盆爆炒肚片，也没有超过二十元，吃得起。

复盛居的另一特色就是小炒，花样很多，炒木樨肉、炒腰花、炒肫肝、炒鱼片、爆三样，等等，下酒最好。来这里喝酒的人都喝白酒，小小的一个锡壶，二两白干。不过我从来都没有在这里喝过酒。有一次我约了李君维来，要了两炒菜，也没有喝酒。李君维对这里也说好，地方虽小而简陋，却很干净，坐下来很安心，即使隔个十天半月他来换一次口味，小小地解了馋，也不怕被人议论什么。

后来我终于知道，复盛居就是以这种“蓬门荜户”的风姿而为人赏识。有点“身份”的人来此小酌，图的是隐蔽而不显眼。京剧界的一些“角儿”更是这里的常客。因离九江路的大舞台、牛庄路的中国大戏院都很近，走过来很便当。有一次我还听盖叫天先生说“昨天去了复盛居……”他老人家去，排场自然要大得多，不是我们小吃吃所能比拟的了。

我过生日

原刊《新民晚报》

我的生日在12月最后几天中的某一天，填表格时在出生年月这一项中，都写的是那个日期。其实不对，应该在12月某日的前面或后面加个括弧，注明“农历”二字。如算阳历，则要推迟到次年的1月份或2月份的某一天，但我的父母以及我本人，都对这种事不很经心，不大考虑其精确度，随随便便填一下应付过去就行。后来才知道，这种事也马虎不得，碰到有些问题，就不能不分个彼此，早一年可以轧进什么档次，晚一年又可以轧进什么档次，利益攸关。现在的行情，还是晚算一年为好。想想不免后悔，谁叫自己这么粗心的：但晚一年还是要老，后悔也没有用了。

也不一定。国画家就越老越值钱。明明差一年才到八十，但作画题款时，就毫不犹疑地写下“年方八十”几个字，“八十”指老，“年方”指小，老小皆宜，曲尽其妙。

反正不管早一年晚一年，不管阴历阳历，我是在岁末年底过生日，因此惹得人家说我天生的小气，因为这时候大家在忙着过年，抽不出空来吃你的“寿宴”。

再想想，我这人从小到大，究竟有哪一年过生日是正儿八经地请过客，摆过酒的？没有，简直没有！

好像只有过十岁时家里为我请过两位至亲。记得我还要求母亲让我在生日这一天穿上熟罗的长衫。我觉得这件长衫最合心意，穿上身好看。可是熟罗长衫只有夏天才能穿，为此母亲当作笑话向亲友们说了好几次。

二十岁、三十岁的时候我很“浑”，整天在外嬉戏，要到很晚才回家，过不过生日无所谓。四十岁正在难中，那时唯一的希望就是“脱难”，过生日等境遇好一些再说吧。到踏进五十岁，境遇果然好一些了，但只剩下我孤身一人。那一天是周末下午，我照例从地处远郊的工作单位回家休假，照例进门先把空关的、家徒四壁的屋子打扫一片，照例到附近一爿酒店要了两碟冷菜、半斤黄酒、一碗阳春面，再在马路上兜一圈，等躺到床上，盘算连元旦在内的几天空闲的日子如何打发时，这才猛然憬悟：啊呀，今天可不是我的生日？怎么糊里糊涂地就这样平淡无奇地过去了？也好，糊里糊涂有时比清醒明白还好一些。要是我早就把自己的生日当回事，这一天的无色无味、无声无息，岂不要多惹出一番烦恼。

以后的情况虽继续好转，但多少年养成的习惯，对过生日、过年、过节，都不怎么介意，只有年份要记清楚，比如今年是 1993 年，明年是 1994 年，不能搞错，但自己今年是几岁，明年是几岁，都不曾认真地算计过，好在生理上还没有出现过分的老态，大可装一点傻，好像自己还很“年轻”似的。六十岁也这样糊里糊涂地过去了，七十岁大概也能这样过去；八十岁难说。如活到那一天，希望仍旧不当一回事。

也许在年轻朋友看来，这是一种老人无奈的自我排解。

贺卡寄情

原刊《吉林日报》

动笔写这篇小文时，已是1992年12月底，1993年元旦的脚步声越来越清晰，马上就要进入我们的生活了。

我感到兴奋，又有点犯难。面对着一大叠新老友好寄来的贺卡，我不知如何答谢才好。往年，我一方面为此领受友好的盛情，一方面又觉得这是一种浪费之举。我尤其不喜欢现在有些贺卡上印就的那些颂语，属于一种新潮的文艺腔，不大切合我们这种有了几岁年纪的人的心意。但要我另外给每一个朋友写几句祝福的话，又想不出那么多别出心裁的句子，便索性甘受无辞，以示自己不赶这种时髦。如有另外的事情要联系，那就写封信，顺便拜个年，也算礼尚往来。

可是今年形势逼人，连过去同我持有同样观点的人也破了例，买了贺卡。如写《巴金传》的老作家徐开垒兄，有次他对我说："我也不大赞成搞这种浮文俗礼，但人家一年一年地寄贺卡给你，你老是不寄给人家，也显得你的架子太大了。"

论资格，论成就，我又何敢望徐开垒之项背。他尚且如此虚心，我更没有自大的理由。于是接连上街几次，选了一些贺卡回来。先是买了几张台湾的产品，大红大紫，古色古香，是用来寄给海外的朋友的。又贪图便宜，选了一些虽不怎么精美，看上去还有点喜气洋溢的，寄给国内的朋友。每寄一张，我总得另外写上几行，先是请他或她原谅我的吝啬，买了这样一种不够档次的东西，然后问问他或她的近况，再申祝贺之意。把贺卡当作短信来派用场，也不是我的发明，有两个初到国外的朋友就是这样做的。

但，人情实在一下还不了那么许多，怎么办？想想一个月不到是癸酉年春节，拜年来不及，拜节还是有时间的，中国人重视春节甚于重视元旦，且更富有民族风味，因此我可以从容施礼，不必太着急。

噜里噜苏（啰啰唆唆）地写了这些，无非是想说明，一个人生活在这个时代里，总受着时代潮流的冲击，或大或小，或多或少地要沾染一些时代气息，躲是无论如何躲不掉的。贺卡在我国是古已有之，但今天这么时兴，又含有更新的意义，它表示了人们迎接节日的欢愉心情，这也是日子过得相当不错在一个侧面的反映。现在的人们还愿意广交朋友，广通声气，贺卡就起着一种信息传递的作用，至少可以互报平安。再想想“文革”动乱时期，谁也不知道谁的生死存亡，谁也不知道谁归在哪一类的黑名单上，要好的朋友偶然在路上见了面，只能互相望一眼，顶多点点头，连话也不敢说，信更是不敢通。谁要异想天开地寄贺卡（那时也没有贺卡）给人，说不定要被当成是反革命串连。凡是从这样的境遇中经历过来的，就会更加惊喜地把贺卡看成是当代中国的一项奇迹的再现。人们的美好向往，人间的美好事物，是随你怎么压制也压制不了的。

压制得越厉害，反弹的力量也越是惊人。

躲避得越厉害，自己的失落感也越是明显。假使有一天，友好因我的不通世道，不得已而与我疏远，逢年过节，我收不到一张贺卡，听不到一点音讯，那时，我将会是一种什么样凄凉处境？

这篇小文不知能否获得编辑的青睐，并能在春节之前刊出？要是能的话，我就以此小文作为贺卡，向《吉林日报》的读者表示我的祝愿：新春大吉。我到北方找新朋友来了。

春节之趣在于忙

原刊《新民晚报》

过春节，想想还是早先的兴致要高得多。那时候，家里人是很忙，甚至忙到人困马乏的地步，而且忙的这些事情，放到现在，是用不着花什么力气，但是因为忙而造成的一种过节的气氛和意趣，确实让人感到这是一年一度的人生大事，非比寻常。

我说的“早先”，是指我小时候10岁以前的光景。那时我们家住镇江，记得搬过三次家。前两次住的房子都是木头门窗，窗上有花格子，背面要用纸糊的。过节之前“掸檐尘”，这糊窗子便是最为“吃工”的一件事。先得把门窗一扇一扇地卸下来，用水洗净，晾干，再糊上类似宣纸那样的白纸。浆糊是买了面粉自己调制的。调浆糊就相当费工夫。水太烫了不好，不烫也不好，浆糊要调得薄而不稀，不能有一点面粉“疙瘩”，这样刷到窗格子上去，纸头贴上去，才严整平复，摸上去滑溜溜。好像还要在浆糊里面放一点明矾，保证以后不会发霉。所以《红楼梦》中是王熙凤还是哪位奶奶发脾气时说："好歹别捅了这层纸！"现在的年轻人也许看不懂，我却是深有体会的，一层纸就遮掩了房内的一切秘密。

再一件事情就是忙吃，忙就忙在样样要自己动手。不说腌鱼腌肉腌风鸡，就是炒炒米，也得忙上二三天。这种炒米不是用爆米机爆出来，而是真正放在大铁锅里炒的。米好像用的是糯米。炒炒米的师傅平时也不知他们在哪里，干什么，但每年腊月半一过，他们就出现了，临时在街上租间店面房子（很简陋的），支起锅灶，等候一家家送米来炒，你家挨在哪一天，要事先约定的。到了日子，我母亲或者姨娘带了前一天已淘洗清爽的米，还有小竹椅或是小板凳，去店里坐着排队等候。你说你去得早，还有更早的，等轮到我家，常常是日近中午了。米炒好，用笆斗竹篮装回家，冷却后，再装进一只只火油箱和饼干箱内。装饼干箱是要托人带到上海送亲友的。这种炒米的吃口好，最好泡来吃，比如煮一只水潽蛋（放盐）再泡点炒米，是很好的一顿点心。

再一件又要花几天工夫的事是蒸包子。不过我们家要做的只是调制馅心。馅心有三四种，香菇青菜的、肉的（分菜肉的和加了笋丁鸡丁的）。这些都不怎么烦人，最考验人的耐心的是做豆沙。先把赤豆煮烂了，然后一遍又一遍地淘去豆壳，我看母亲要在灶台边立上很久，有时喊腰酸得吃不消了。豆壳淘尽，再放锅里用小火熬，放糖，放桂花，一铲一铲地炒。等馅心全部做好，约好日期，到专门做包子的店里去包，我们只带馅心，皮子是店里的。于是又要排队坐等。等轮到我家，一笼一笼地蒸好，用劈开的筷子头蘸上红色，在包子上做记号，比如圆点是豆沙的，梅花点是肉的，等等。拿回家，放在竹篮里吊起来，头两天吃着还新鲜，再吃下去，就等于是硬塞到嘴里去似的。所以春节以后，总有好一阵吃点心不想吃包子。

又读《围城》

原刊《解放日报》

到一个朋友家去，看见他的书架上有新版的《围城》，忽然心动，便向朋友借来又看了一遍，仍然兴味盎然。

我有过《围城》这本书，良友图书公司出的，是最早的版本。现在有很多人都在研究钱锺书先生，并自认为颇有心得，这我不敢自诩。但作为《围城》较早的读者之一，从而对钱先生的作品着了迷，这样的话还是敢说的。记得 1956 年，我把《围城》借给一个同事，他偷偷地在办公室里阅读，看着看着就忍不住笑出声来。后来又借给一个女同事，她竟然忘情地说："我认为中国的大作家应该首推钱锺书。"这话显然不对，至少不妥，钱先生本人也不希望这样的"加冕"。说得俗一些，文学作品也是"百货中百客"，有人喜欢张三，有人偏爱李四，各有各的读者群，硬要排个座次，谁是第一，谁是第二，反而多出是非来了。

当时也有一些同事告诫我，《围城》写知识分子玩世不恭、冷嘲热讽的人生态度，可能于我们接受思想改造不利，“你还是不要广为传播的好”。他是一番好意；但放到现在，他不会说这样的话。

“文革”时，要清除“封资修”的东西，我家里的书连年变卖，《围城》一直保留着，但最后也不得不夹在别的自以为可能要犯忌的书里面一道送到了废品回收站。想不到这几年《围城》大红特红，这是钱先生自己也始料不及的。现在有人谈钱先生，读《围城》，字里行间，总有一种是他才真正发现、了解这位当代奇才的口气，这样就吓得我们更不敢开口了，尽管我们也有自己的见解。只是碰到有同样爱好的朋友，关起门来私下吹吹，从而获得一种畅快淋漓的读书乐趣。

既就读书的本身，也从书中的人物联系我们自己，于是就有朋友向我指出：你这人一生的吃亏之处就是爱看别人的负面，又总是忍耐不住，一忘情，就在人前人后捅了出来，这是最容易遭忌的。而传统的为人处世之道，就是要多看正面，少看负面；看到了负面也不说，只是在心里有数就行了。经常说的应该是正面，多多地给别人以鼓舞，隐恶扬善，皆大欢喜。

他说得很对。可是我迷《围城》，迷的正是作者对书中人物透彻的解剖，写出了他们的正面和负面，尤其是对假正经、假道学的刻画，更入木三分。代表人物如三间大学国文系主任李梅亭，口口声声对方鸿渐、赵辛楣等人的行为表示不满，说他们不老成，但李梅亭在路上一碰见那个私娼，马上就丑态毕露了。作者的笔调是幽默的、辛辣的。我认为这正是《围城》一书的魅力所在，也许我又看偏了。

二嫂

原刊《羊城晚报》

冯亦代和黄宗英夫妇于去年十月回上海小憩了一段时间。我接到他电话的第二天，就约了作家何为一道去看望他们。进门之前，我不断在琢磨，现在应该怎么称呼黄宗英。是叫“宗英同志”还是就叫“宗英”？不想一见面，我竟脱口而出，叫了一声“二嫂”。

自从在四十多年前认识冯亦代以来，我们一直叫他“冯二哥”，对他已故的前妻郑安娜也理所当然地叫“二嫂”。二嫂总很严肃，但又亲切、温和，说话、做事都是很实在的。我们对她很尊敬。可以跟二哥开开玩笑，而跟二嫂说的都是家常的正经话。

不幸这位二嫂于三年前故去了。剩下亦代一人，孤零零的。我们这些老朋友很怕他受不住，又知晓亦代一向是需要别人照应、服侍的人，更担心他如何排遣今后的生活。后来听说子女对他很好，这也是应有之义，顺理成章的吧！

忽然又听说他要与黄宗英结婚了。不妨坦白说，起先我也有莫名其妙的担忧。怕宗英那种生就活跃的性格，不一定能安于老年的宁静。但此刻出现在我眼前的宗英，腰间系了一条围裙，手上有包馄饨的面粉痕迹，我突然觉得：她还是我们的二嫂。

要全面地认识一个人真不容易。宗英既有为大家似乎熟悉的一面，也有大家完全想不到的一面。亦代是幸福的，他之所以还要结婚，我现在也了解了。

孤独

原刊《羊城晚报》

元宵日上班，一走进办公室，同事老黄就告诉我，一位已故老前辈的夫人昨晚跳楼自尽了。我听了真是惊诧不已：老太太八十多岁了，不愁吃不愁穿，一人独住三间房，雇了一个保姆，日子过得安安静静，满可以寿终正寝的，怎么忽然就不耐烦起来了呢？

清官难断家务事，家家有本难念的经。但老太太家里的经也并没有什么难念之处。子女有在国外的，有在外地的；留在上海的，各自有家，有时回来看望一次老娘，也不见得会发生什么龃龉。当然，在老太太看来，儿女大了，不像从前那样依人膝下，更不像从前那样贴心，则是随时都可以感觉得到的。

也许做父母都有种矛盾心理：儿女小时候，样样要操心，巴望他们快快长大，独立生活，自己图个清静；可等到儿女长大了，真的离开了，开始还不觉得，慢慢地又怀念以往操劳的岁月，甚至连因儿女不听话而怄气的滋味也是颇堪回味的了。

这位老太太就是太安静了，太没有使她烦心的事了，反倒孤独难耐，生出另一种郁郁寡欢来。据说大除夕那天，她原本巴望小儿子来吃一顿年夜饭的，结果左望不来，右望不来，以致伤心欲绝。那天她也不是存心跳楼，而是神情恍惚地就这么栽下去了。她不知道这样一来给人留下的是什么？

有人赞美孤独，我看这多半是她还年轻，老了试试看。

介绍对象

原刊《羊城晚报》

某君定居海外有年，有高尚职业，然三十大几，尚未婚，年前回国觅偶，迄无当意者，乃转请我作介绍，所开条件如下：

一、大学毕业，最好是本科，否则大专也可将就；

二、年龄在二十五岁以下；

三、身高在一米六五左右；

四、白领丽人。

我的天，这简直像是“选妃”了！

为什么要我介绍呢？ 大概是出于误解：以为我接触的人多，一定不会使他失望的。

倒不要说，“丽人”我的确认识不少，但四个条件具备的就想不出谁能入选。 何况既为丽人，追求者必多，也用不着我来为她操心了。

不过我还是物色到了一位，条件基本合格，约某君前来与之相见。 也仅此一见，并无下文。 女孩子觉得对方还可以，某君不想再接触的原因他不说我也知道：嫌人家还不够漂亮。

从海外回来的人不管本身是否漂亮，找对象总是要漂亮的。漂亮的女孩即使向往海外也不能把自己放在“听拣”的地位，像商品那样。人还是要有一点自尊的，你拣我，我也要拣拣你呢！

我有点对不起那女孩子，让她被人“看轻”了一次。以后我再也不做介绍对象之类的事了，男女相悦，还是让他俩在自然的环境中自然生出感情的好。在这种情况下，往往又不计较什么条件了。

做家务

原刊《羊城晚报》

有人问我，平常在家里做不做家务事？ 我回答：做的，比如扫地、揩桌椅、洗碗筷等，有时我还做菜。 他不相信。 我告诉他，那是在“文革”初期，被派到食堂劳动时，跟烧饭师傅学的。菜要经常做，熟能生巧，现在难得做一次，火候、咸淡都掌握不好，还手忙脚乱的，把东西都打翻了。

还有人听我这样一说，便笑我窝囊，有失一家之主的丈夫气概了。 持这种观点的人多数是年龄跟我差不多的“老太爷”，真正连扫帚倒在地上也不肯扶起来的。 我很羡慕他们，一是夫人体贴，二是子女孝顺，老太爷做得心平气和。

如此说来，你的夫人不体贴，子女不孝顺？ 非也。 而是我自己天生的劳碌命。 早年逢星期日我到办公室值班，一进门，先要把满屋子打扫一遍，桌子揩清爽了，然后坐下来办事，才坐得住，心里才落实了。

这不是在自我标榜，好像我这个人很讲风格似的，天天学雷锋做好事。 我只是觉得一个人扫扫地揩揩桌子也没有什么失身份的地方。把自己所在的环境弄得干干净净，也是一种视觉上的享受。

南宋大诗人陆游把扫地看成是一种锻炼。老了，适当地做些家务事，活动活动筋骨，对身体有好处，老是伏案写字或埋首看书，时候久了，也蛮吃力的。

染发

原刊《羊城晚报》

一个年近花甲的朋友跟我讲了最近在夫人的逼迫下，将白发染黑，然后揽镜自照，顿觉容颜焕发的兴奋。

又一个也是年近花甲的朋友跟我说，头发白就让它白去，不要染。有一次他去理发，理发师想讨他好，再三劝他染了试试。他盛情难却，只好听其摆弄。回到家，夫人蓦然一看，还当是来了个陌生人；他对着镜子横看竖看，也觉得眼前出现的是个伪装的我，不是真实的我，发誓以后再也不染了。

可见，同样是一头白发，这个认为是染黑了的好，那个却又认为染黑了不好，观点统一不起来。再想想，又何必求其统一呢？不仅是像染头发这种生活小事，就是别的许多只要不牵涉到方针大计的事情，也完全可以容许各人有各人的爱好和志趣。

世界也许正因为有千差万异才显得那么丰富多彩。我也是一头白发，而且是在很早的时候（约莫三十岁）就开始变色了的。原因有好多，如缺乏色素，如营养不良，等等。致命的要素是心境恶劣。在四十岁到五十多岁之间，可能是我一生中形象最难看的时期，头顶当中是黑的，两边是白的，一副倒霉的苦相。现在白得连一根黑的都找不到，人家反而说我有风度，说我千金难买一头银了。不管这是由于怜悯，还是别有所好，我都表示感谢。关键还在我自己，能自得其乐就行了。

春游坐破车

原刊《上海公用事业报》

“莫放春秋佳日去”，所以春秋二季是旅游的季节。大人们要出去玩，孩子们也要出去玩。但孩子们出去玩多是由学校组织的。春天是“春游”，秋天是“秋游”，从小学到中学，年年如此，成了惯例。

但现在逢到“春游”和“秋游”，作为孩子的父母，总免不了眉头要打两个结，一是费用越来越贵，二是交通越来越挤。临到这一天孩子讲好是几点钟可以回家的，但一个钟头过去了，两个钟头过去了，孩子还不见踪影，大人的心就悬到喉咙口了：车子有没有挤上啊，路上有没有抛锚啊，会不会出事啊……当然，平常也为孩子的到时不归而急，急来急去是交通的不善。

这次我家孩子春游，学校包了专车。我们交的十几元费用，有三分之二是付给专车的，满以为可以坐得稍为舒服些。不想孩子到家以后，大叫其苦。不巧得很，这天偏偏阴雨不止，她们坐的这部专车偏偏漏雨，这是一；二，车子小，座位不多，只好几个人挤在一块儿；三，车子把她们送到目的地，立即开走，又去接别的生意了，车子上还有她们忘记拿的雨伞和装食物的拎包。当然，车子后来还是来接她们的，但她们已经饿着肚子，躲在屋檐下面等了好久了。

我不晓得这部专车雇的是哪一家的？是属于公交几公司管的？反正不管哪一家，也不管是什么“有关部门”，逢到为孩子们服务的事情，最好要重视一些。千万不要以为他们好打发，马虎一点无所谓。不是说孩子是祖国的花朵吗，对于花朵怎能不爱护呢？

你宝贝自己的孩子吗？那么推己及人，对别人家的孩子至少也要关心些好不好？

比如给孩子派车子，就应该派好车，不应该派破车。如怕孩子会糟蹋，则请带队的老师先行约法，孩子们是最听老师话的。

孩子是未来的主人，从现在起，要让他们对我们这个社会建立起足够的信心，不要老是在思想上产生这样那样的疑问，影响他们的成长，这是最为重要的。

做旗袍

原刊《新民晚报》

《上海一家人》中，若男当了英商艾登公司的代经理后，有一天在店堂里接待顾客。某太太走进来了，若男上前问她想买什么。某太太回答：“我想做旗袍。”若男说：“好的。”随即拿一段料子，说：“这个你很合适。”（大致如此。）

这两句简短的对话粗一听当然也没有什么不妥之处，但细辨之便觉得有点“泛”，是大路货的词儿，不那么准确生动了。

因为：一、当时的女人一般都穿旗袍，她到店里来不买旗袍料子又买什么？

二、既然说要做旗袍，那做什么样的旗袍呢？单的，夹的，衬绒的，骆驼绒的，还是做皮袍子的？是平常在家里穿的，还是出客吃喜酒时穿的？是天热了想做一件薄一点的，还是天冷了想做一件厚一点的？这些都有讲究。泛泛地说一声“做旗袍”，像今天难得穿旗袍的女人的口吻，不像那时老穿旗袍并经常跑百货公司绸缎店的小姐太太们的派头了。

三、小姐太太们上绸缎店，一般总是先东看西看，等看中了再横挑竖拣，七问八问，再关照店员动剪刀。如果是老主顾，与店员的对话更不应如此“生疏”。因此若男招呼某太太时，我看可以这样说：“×太太，府上电话我打过三四只哉，侬到啥地方去啦？侬上次关照要做夹旗袍的料作，现在新到了一批，来看看哪能？”

我设计的这几句台词当然也不算最好，但自以为是比较接近三四十年代妇女生活的。

顺便再说一声：剧中太太们的穿着，都嫌太花哨刺眼，好像不是粉红的，就是翠绿的，一个个都像当今评弹女演员上台穿的行头。其实当时太太们平常穿的旗袍，料子很考究，但颜色很朴素，越是有钱人家的太太，越不喜欢张扬，除非这家人家是暴发户，或者是白相人嫂嫂。

这些都是小疵，不掩整部电视剧的大瑜。我所以写将出来，供以后编演这类题材的影剧时，在细节的构造上作些参考。

看《包青天》

原刊《清风》

想不到香港电视连续剧《包青天》会有这么多的人要看。听说先在香港当地放就引起了轰动。我有个朋友前些时到过北京，晚上去人家串门，发现几乎家家都在看《包青天》。有的主人见我这朋友去了，总得抽出身子来接待，看不成《包青天》，便拿出录像带，吩咐家人录下来，以后再看，一集不漏。

现在上海在放映了。我不说别家，只说寒舍，妻子、女儿、儿子也是一到时间，准定坐在了电视机前。我虽然不是专程，而是顺便地看，竟也看得满有兴味。戏就是戏，看戏就要按照戏的规律、逻辑来调度你的感情，娱乐而已，岂有他哉！

那么，看《包青天》是不是纯粹为了娱乐性呢？也不见得。截至写出小文时止，放了三部：《铡美案》《真假状元》《狸猫换太子》。其中《真假状元》的故事是头一次看到，但《铡美案》

《狸猫换太子》的前因后果，都已耳熟能详。当然，电视剧增加了些情节，玩弄了些花样来吊你的胃口，但大体上总是那么回事。陈世美还是死在龙头铡之下，李娘娘还是回到皇宫做太后，好人翻身坏人受惩，这样的结局是不会改变的。

人们常说，看戏一知道结尾，戏就没有看头了，可现在人们看《包青天》仍然看得津津有味，好像必欲看个究竟如何似的，其故安在？

我认为，人们的兴趣所在，就是包公办这三件案子，不但被告人本身的地位显赫，而且还有强硬得足以罢包公的官、撤包公的职，甚至可以反过来给包公定罪的后台。陈世美的后台是公主、太后；假状元的后台是包公的恩师、在很多事情上都竭力支持包公的当朝首相王延龄。从私交上说，包公也不能不给王相国一点面子，从轻发落老头子那不争气的女婿。“狸猫”的案子更复杂，后台更棘手。先要办强抢民女的国舅赵国栋，有八贤王出来作梗。八贤王在一般的戏曲中都以支持正义的皇亲的面目出现，可是在这部电视剧里，他顶不住老婆的压力，把个包公恨得牙痒痒的，要给他点颜色瞧瞧。至于陷害李娘娘的刘娘娘和内总管郭槐，权势滔天，连对他们怀疑的念头也不能有，何况要揭露一场皇家内部的丑闻？

但是，包公凭着他那大无畏的勇气，敢于碰硬，敢于涉险。其间他也不是没有犹豫过、妥协过，可到了最后关头，在强权和正义的对峙中，他还是站到正义的一边，一声“开铡”令下，人心大快。包青天在人民心中树立了难以磨灭的刚正不阿的形象。

包公也不是一味蛮干的。每一件案子他都派人作了周密的调查，掌握了无可辩驳的人证物证。不管有权有势者如何咆哮公堂，气焰嚣张，但理总是亏的，心总是虚的。

包公也有后台，就是宋仁宗。宋仁宗在正史上是否如此英明，有待考证。但编剧者非得这样写，才能让包公那三把铡刀发挥威慑的作用。朝廷上别的人都可以糊涂，最高领导者却不能糊涂，不能苟且，否则人民就一点巴望也没有了。

历史上的包拯是个清正的好官，但不像戏剧里说得这么神奇、这么伟大，在很大程度是人民赋予的理想，寄予的期望。人民正是在现实里得不到满足，才转而向戏剧电视里寻求慰藉的。现实有现实的难处，并不要求你完全照搬“包青天”，他那一套现在也行不通，但从这里适当得到一点启发，至少可以让头脑保持清醒的状态。

有人说，现在是建立法制的时代，依靠清官的想法过时了。我说，根据我们的国情，既要法制，也要清官。法律订得虽多，但没人执行或执行不力，也是白搭。

从熟悉到陌生

原刊《新民晚报》

新的淮海路，现在对我而言是那样的陌生，偶尔去一次，目眩神迷，一下子简直分不清哪儿是哪儿。尤其是那一幢幢富丽堂皇的商厦，我甚至不敢轻易踏上台阶一步，生怕不明就里，惹人笑话。

但是对旧的淮海路，至少从已经不见踪影的嵩山大戏院（旧名恩派亚电影院）起到东湖路（旧名杜美路）止，我熟悉得几乎可以闭着眼睛说出这一段有着哪家哪家商店，下一段又有着哪家哪家。

我家曾在淮海路生活了近半个世纪。1940 年搬到培恩公寓（楼下是妇女用品商店）后面的兴安路（旧名麦赛尔蒂罗路），到 1989 年举家迁出。来的时候还是刚读初中的少年，走的时候已快退休，垂垂老矣。

有两句顺口溜，是形容老年人的思维的："新的记不住，旧的忘不了。”可不，记得就在我家搬来的这一年，弄堂对面淮海路雁荡路（旧名华龙路）培恩公寓楼下的转弯角上，新开了一家云裳绸缎店，那时电影女明星陈云裳（演过《花木兰从军》等片）正红透半爿天，在绸缎店开张的那天，由张善琨陪着应邀来此剪彩。影迷们事先闻讯，蜂拥而来，将店门口围得水泄不通。我虽没有能躬逢其盛，但听人说，陈云裳本人倒还好，张善琨要护卫她，却在人堆里东挡西拦地忙得不可开交。

当淮海路还被称作“霞飞路”的时代，是属于“法租界”的管辖区，但常在这条路上走着的很多不是法国人，而是俄国人，上海人管他们叫“罗宋人”。如果说这条路上有异国情调，有一部分也是俄国人营造的，那时你如到国泰电影院去看电影，领票员都是漂亮的俄国“妞儿”。吃“罗宋大菜”的西餐社，单从思南路到陕西路，就有好几家。当年我父亲很希望我能将英文学学好，白天上学，晚上还要我去离家不远的四明里后面一排房子一个私人办的补习班学英语会话。授课的傅士德先生，倒是道地的英国人，也是上海通。太平洋战争爆发后不久，傅士德作为日本的敌国侨民，被关进了浦东的集中营。补习班便请了另外两位外籍教师来上课，教我们这一班的是位打扮入时的年轻小姐，是俄国人。她教了两次，一天下课后，忽然对我说：“你到我家里来学吧。”学费也直接给她。说着写了一个地址给我。讲定时间，我应约而去。她家就住在淮海路近思南路的一排店面房子的楼上（是现在益民百货公司大厦的旧址吧），由东边弄堂进出，思南路邮局的后门也在这条弄堂里。我叩门而进，中国保姆引我上楼，小姐就穿着晨服给我上课。去了两次，再去，她竟然不在家，由她妹妹——一个年纪比我略大戴着无边眼镜的女孩子——接待我。妹妹一边帮我学英文，一边就数说着她姐姐的不是，看样子感情挺糟糕，竟说姐姐"Very bad"（很坏）。后来又去，姐姐还是不在，我就此不学了。

在我居住的近五十年中，淮海路这条本应日趋繁荣的商业大街，受大环境的影响，也几度使人有过无可奈何的慨叹。1970 年夏天，我父亲病重住院，什么都不能吃了。亲友来探望，说弄点西瓜汁给他解解暑吧。这年，每家每户只发一张西瓜票，只好买一只西瓜。我去到淮海路四明里门口那家合作社买了一只，五角钱，但拿到医院急诊室一剖开，竟腥水淋漓，早已腐坏。

1980 年夏天，一岁多的女儿每天一瓶照顾牛奶不够吃。但淮海路妇女用品商店对过的燎原商店有得买，带器皿去倒，要一早去排队，迟了就买不到。于是我每天清早一睁开眼睛就赶去排队。有一天我排着排着，忽然眼前一黑，就倒在了地上，耳边听得有人唤我："你怎么了？"原来我这两天胃又出血，想要硬撑竟撑不住了。

1980 年毕竟不是 1970 年，淮海路蓬勃的生机已稍见端倪，希望在前，辉煌迭现，只是我抚今追昔，欢然而又怅然，十足的迟暮之感。

预见和远见

原刊《开放》

上海西区中山环路以外的天山路这一阵堵车非常厉害。我每天早上乘 71 路车去上班，车子从水城路拐弯驶上了天山路，走不多远，就不得不煞住。一眼望去，前面一辆接一辆的公交车、大巴士、小面包、轿车、卡车排成了长龙，好久才能移动那么几步，如此走走停停，要走完这一段并不很长的艰难历程，没有二三十分钟是过不了的。

原因自然不止一条。最近主要因北面的长宁路在拓宽，车子都挤到这里来了。

这周围的一带，目前虽然还不能与市中心的黄金地段比肩，却也在不断地升值之中。且不说早年"荒村野店"的面貌已荡然无存，就是与我五六年前毅然举家迁移来此时的景象相比，也大为改观了。记得当时有位朋友来参观我的新居。他一进门就连连大声说："好远，好远，我在车上一觉醒来，还没有到站呢！"接着推窗四顾，前后左右的十几幢高楼还刚刚打桩，东面一条马路坑坑洼洼的还没有修好，北面可以临窗俯视的一条马路冷冷清清，人行道还没有铺上水泥板。于是他当即断言："这里即使给我五间房子也不来。"那时他家住在淮海路嵩山路，一片繁华，当然舍不得离开。我家原住淮海路雁荡路，地段比他家还要高出一筹，已经住了50年，更舍不得。可有什么办法呢，老房子不但越来越嫌小，而且越来越陈旧，连卫生设备也没有。下个决心，远就远一点吧。倒不是说我有什么过人的远见，我总觉得，像原来市中心那种密密麻麻的人挤轧在一起的现象迟早要改变，不改变又怎么能跻身于现代化的大都市之列。总要拓展地图，开辟新区，进行人口疏散。只是希望这个工作能做得周到一点。新搬的地方，衣食住行，样样不便，就像我搬来这幢大楼的头两年，煤气不通，外观很不错的窗户里竟然冒出了阵阵烧煤球的浓烟，就让人啼笑皆非了。

那么，现在你对住的这块地方满意了吗？不好说，比过去是满意了些。但旧的矛盾解决了，新的矛盾又出现，萌生了新的不满意。比如天山路的堵车，耽误上海人的时间就是最明显的例子。天山路照原先的设想，够宽阔的了，造好后有好多年马路上一直空空荡荡，甚至有人怀疑，是不是太宽阔了些，占用的农田是不是太多了些？谁又想到会有这样拥挤的一天，恨不能再宽出几条车道来？可见人们的预见、远见，总是跟不上客观实际的发展的。

我想：我们有好多人大概长久生活在这样一种思想框架中：干什么事都只能在守成的基础上稍为作一点、两点，乃至三点的突破，而不敢有大的冲刺。这在建造新公房的设计上表现得最为明显了。即如我住的这幢大楼，据说仿的是北欧某一个国家早年的一种公寓式样。我们能学北欧，而不拘泥于原先火柴盒式的几十年一贯制，这确实是一种突破，但要学也只能学人家早年的、比较适用的，这似乎也适合咱们的国情。谁又能料想空调一下子会这样普及？大楼的设计在当初忽略了这一点，没有匀些地方来安置它，只好听凭人家纷纷打洞，使本来很完整和谐的墙面忽然上上下下多出了无数的长方形的匣子，难看死了。

也许还有个问题需要立刻引起重视的。过去知识分子满心地巴望能拥有一间小书房，现在电脑进入了家庭，功能越来越复杂，只怕又得辟出一间电脑房了。

前些时好像听一位主管的部长说，小轿车生产的出路是进入家庭。但我立刻要这样嘀咕：就算能买得起，但是停小轿车的地方又在哪里？现在连安放自行车的问题都还没有完全解决好，虽然造了小车棚，可人家还是到处乱放。很难设想将来许多家庭有了小轿车之后，还不知要吵成什么样子？

我尽量让自己学会对周围的事物看得远一些，深一些，决不满足于已有的一知半解，更不能固执成见。

我又在想：一个人的预见和远见，如果又担负着一定的领导责任的话，应该是掌握了大量的知识和信息，又经过科学的分析研究之后，才有了一个大概，还要不断根据新的变化进行不断的修正。可不可以这样说呢，预见和远见是一门科学，不合科学的就谈不上是预见和远见？

人生之路

原刊《上海工业经济报》

“文革”期间，我曾经被遣送到工厂去“接受工人阶级的再教育”，先在南京梅山工程指挥部（现在的梅山冶金公司）烧结厂当操作工，硬碰硬地做“三班倒”，整整六年。后来到金山上海石化总厂化工一厂（现在叫冶炼部），地位稍有上升了，做过车间办事员、工会干事，又是两年半，这才回到老本行，当杂志和报纸的编辑。

从我个人的遭遇来说，这也许是我一生的“低谷”时期，是极不得意或极为倒霉的。但如今再回过头来想想，这八年半的光阴对我其实也是非常宝贵的，至少让我接触了过去从未接触过的生活面，认识了过去不可能认识的人，增长了见闻，扩大了眼界。当时的无穷烦恼化为了如今的亲切回忆，坚定了我的一个信念：在这个世界上，在这个社会中，好人总是占多数的。

情趣相投，说说知心话的朋友自然在原有的生活小圈子里容易找到；而患难相济，在你正需要有人来帮一把的时候，这样的朋友常常会在更大的生活圈子里不期而遇。也许他的思想性情仍旧同你格格不入，他喜欢的那一套不是你喜欢的，但他确实又曾在你走过的道路上起过作用，留下了难忘的印象。

所以，对于自己走过的路，和面临即将去走的路，有时真不妨好好想想。未来的路是凶是吉，还不得而知；但过去的路是崎岖曲折，还是平坦顺利，大可回味再三，作为正在迈步的参考。

我有时听人说："早知如此，就不该走那条路的！"这种悔恨的心情可以谅解，但"早知如此"的说法又是不科学的。当时你怎么知道？你只是凭借当时的思想认识来作出判断，因而那条路你也是非走不可的。

个人是这样，社会、国家，乃至世界的趋势，都受着一定时期各种客观的、主观的因素的制约，走了事后想来本可避免的弯路。当年英国首相张伯伦不是没有觉察到希特勒的侵略野心，却想不到这个战争狂人竟是如此的急不可待，也过高地估计了英国的威望，于是签了那份《慕尼黑协定》，不是抑制，而是更加助长了希特勒的气焰。后人评论张伯伦此举的失策，暴露了外交上的软弱。其实，不管张伯伦签不签《慕尼黑协定》，希特勒总是要发动第二次世界大战的，只是时间的迟早而已。

我们国家正在以经济建设为中心，实行改革开放，走有中国特色的社会主义道路。当我们实事求是地解放思想，从许多新的政策措施中得到效益，尝到甜头之后，又有人说："早知如此，我们就不该走那几十年的弯路了。”是的，可是根据那几十年的历史状况，弯路又是非走不可的。也许现在懊悔走弯路的人正是以前拥护走弯路的人。这你也不能怪他，人的思想认识是逐步改变，逐步提高的。所以能够改变，能够提高，也是走弯路吃了苦头的教育所致。从这个意义上说，那几十年的弯路又不是白走的了。

如果说，在人生的旅途上，弯路是很难避免的。那么，少走一些弯路却是可以做到的。一个人要犯错误了，他的情绪、心态以及言谈举止总有一些不正常的迹象可寻。这时候，有个旁观者清的人肯坦直地向他进些忠告，而他多少又能听一点进去，也许有些事情就不会做得太过分，为错误所付出的代价就会少一些。

一个单位的领导，一个国家的执政者也是这样。所谓“兼听则明，偏听则暗”就是为了防止走不必要的弯路。马寅初因最早提出控制人口生长的问题而遭到批判。但是不是就因为这一批，我国人口又增长了许多？很难说。但对之采取宽容的态度，吸取其意见中的符合我国国情的合理部分，也可以及早地觉察到人口的危机，至少不要再喊“人多力量大”之类的口号了。

“工业学大庆”，这是在过去的年代中工厂企业必须奉行的法律。这是在一定的历史条件下搞好工厂企业的先进经验。如能结合实际，取其精华，是可以取到一定成果的。无奈多数是流于形式。我曾经工作过的一个车间，每年逢到上级要检查学大庆的成果时，负责人就吩咐大家去领来好多油漆把车间的门窗、机器统统粉刷一遍，看上去光洁锃亮，“三老四严”，其实根本不是那回事。也不是没有人表示过异议，但胳膊拧不过大腿，一时的风尚所及，谁也无法阻挡。

回忆走过的道路，不是留恋，而是正视，对的就是对的，错的就是错的，毫不含糊，切不要文过饰非，说今天这样做是对的，当时那样做也是对的，这就谈不上有什么真理了。

参政日记

——1988 年第七届全国人大第一次全体会议

原刊《新闻记者》

2 月 26 日　星期五

视察是从 2 月 24 日开始的。先在市人大常委会听了两天报告。有市计委、外经贸委、科委、物价局等部门的负责同志分别就 1987 年他们各自的工作情况作了汇报。中心问题是经济。

因为过去我对经济工作很少接触，也不感兴趣，所以对这些负责同志的报告提不出什么意见，也相信他们讲的话都是很真切的。唯一感到不够满意的是，每个人的报告都有打印好的文稿发给大家，报告时再照本宣读，岂不乏味？大可丢在一边，即兴发挥，举一些生动的事例，岂不更有说服力？

说到听报告，我不禁又怀念起陈毅市长生前摆龙门阵式的讲话来了，即使听上三四小时也不会生厌。当然，陈老总有他的身份、威望，有些话只有他敢讲，但这也不能否认这与他豪爽坦直的性格有关。

话扯远了，再拉回来。且说这次听汇报时，物价局负责同志受到代表的质询最多。物价问题确实牵连着千家万户的日常生计。代表们认为，究竟如何从根本上理顺价格扭曲的关系，从报告中还看不出有多大的把握。意见是提了，后来代表们私下议论：这个问题要市物价局来回答，也难；有许多事他们作不了主。且等到北京开会，听听中央是怎么说的吧。

在市人大常委会筹备这次视察时，事先曾来信征求意见，问我想参加哪些项目的视察。我在关于《企业法》的一栏内，没有作记号，表示不参加。我觉得这个问题我实在弄不懂。后来才知道，北京的大会，其中一项主要的议题就是《企业法》。而上海古籍出版社的总编钱伯城代表告诉我，他听了《企业法》的讨论，很有意思。厂长是厂长的看法，党委书记是党委书记的看法，工会主席又是工会主席的看法，各自从本身的地位来考虑，都希望《企业法》能更加明确地规定他们的作用和权限。而工会的反应又特别强烈，有人甚至说：《企业法》一实施，工人阶级当家作主的大权到哪里去了？

今天到上棉十二厂参观，听该厂的厂长、党委书记等谈《企业法》，很值得深思。那位厂长说，既然是要推行厂长负责制，厂长就要拥有本企业的一切权限，这一点一定要在《企业法》中得到保证，现在的说法还有点模糊。那位党委书记倒想得开，他说，党委就是管好企业中的党员、党务。关于企业的经营管理，党委不管也罢，弄得好是什么“保证”，弄得不好是“碍手碍脚”。

厂长叫石定祥，是位新兴的企业家。初一见面，似曾相识，好像在哪里见过，但又想不起来了。

3月1日　星期二

这两天又视察了上海皮鞋厂、船舶研究所、微生物研究所。船舶研究所近年发展横向联系，从军工转向民用，为好几家企业新盖的大楼解决了空调的问题。可是我看看所里研究人员的办公室都没有空调，清冷得很。听说这里原来有暖气设备的，后来拆掉了，因为很费钱，开销不起。知识分子总是穷的。

微生物研究所在新闸路上的一条弄堂内，与一家印刷厂合用一幢房子，不够住只好搭阁楼，因此人称“阁楼研究所”。还是不行，一些仪器就放在过道上，走路得小心。新的所址找好了，并已付掉了一笔为数不小的动迁费。但什么时候才能把新房子改建好，再搬进去呢？大概还要经过一段艰苦的历程吧。

这家微生物研究所是专门研制食品工业用的菌种的，如氨基酸、赖氨酸等，经济效益很好，已名扬海外。最近还与法国签订了一项价值一百万美元的合同。所里的高级工程师也有几个，还在带研究生。然而他们是属于轻工业局的一处的管辖单位，按照级别，他们只能是科一级的行政单位。这就有许多事情不大好办。我真不解，为什么像学术机构、艺术团体、事业单位之类，非要硬行纳入行政体制的轨道？以致在这些地方担负领导工作的某些人，也斤斤计较于自己官位的大小，心思旁用，影响了正业的进行。

3月2日　星期三

今天代表分组讨论。过去我常听采访人大、政协的同行说，人大和政协的气氛迥然不同。走进政协分组讨论的会议室时，只听见老头子们一个个地发牢骚，骂山门，有些说话得还非常激烈。而人大的分组讨论，只是一片拥护、赞扬之声，因此被讥为“橡皮图章”。先是外国人这样说，后来我们国内也有人跟着说了。

如今我置身其内，成为参加讨论的一员，才知道这些记者同志的观感未免有浮泛之嫌。也许早先是这般光景，但近几年情况已有很大的改变。人大代表中，敢言的还是不少，只是有些话不好公开罢了。至少我们这一次的讨论，就是意见纷纭的。对当前的经济工作、体制问题，以及各人所接触的一些生活现状，都表示了自己的疑虑。不错，党的十三大指出了整个国家可以预见的远景，但如何能够实现又觉困难重重。旧体制的绳捆索绑，横一个竖一个的结，纠缠不清，解开一个不知要费多大的力气。有人说，现在要办成一个事，需要到各有关单位去盖的图章，不是越来越少，而是越来越多了。造一幢大楼，如整个过程是五年的话，那么有三年是花在前期的准备工作上的。为的是打通一个个的关节，盖上一颗颗的图章。

11日要在锦江小礼堂举行视察汇报会，市委、市政府的领导将出席。每个组要推举发言人，我们这一组经过商量，由上海社科院院长张仲礼代表作中心发言；再推两个人作补充，一个是仪表局的科技委员会主任、高级工程师张元震代表谈科技方面的问题，另一个是我谈物价问题。

物价问题很难谈，平常我们在报纸上是尽量回避的。现在如何开口呢？

3月10日　星期四

连日阴雨，今日放晴，气候也暖和了。我穿了一件西装上衣去参加汇报会，到了锦江小礼堂，张仲礼代表远远向我招手，要我坐到当中那只长台子面前去，自当从命。旁边是张元震代表，他说："怎么，你今天是一身春装了。"

江泽民市长已到，谢丽娟副市长是在会议开始不久后赶到的。

张仲礼代表还要赶去参加社科院的职称评定会议，一票之差，事关重要，因此他抢着第一个发言。他是有准备的，就是念稿子念得快了些，可能有些话大家没有听清。

我第四个发言。昨天晚上，今天早上，把这个难于启口的问题想了一想，决定只讲一点：近年来，物价涨了不少，食品涨得更叫人招架不住。可是有关的生产单位并没有得到多大的好处；政府也没有增加多少收入，为了保证菜篮子，拿钱买平安，还是贴了许多；然而一般群众还是感觉不到得了什么实惠，其故安在？我认为是给一些二道贩子、五花八门的各种什么公司赚去了。让一部分人先富起来是对的。但让一部分人采取不正当的手段发财致富，他们用赚来的钱再在市场上兴风作浪，老百姓谈到这一点，气就不打一处来。

发言的最后，我希望市的领导今后遇到什么问题，如已在群众中产生影响，还是把真实情况同群众讲清楚的好，反而可以取得群众的谅解。而讲清楚的最好渠道又无过于利用新闻媒介。我着重地说，希望市的领导能相信我们的群众，也相信我们新闻记者。

大约到十点半钟左右，代表发言结束，江市长讲话，就代表们提的问题即席作一些说明，像谈家常似的，这样很好，最容易沟通彼此之间的感情了。江市长第一个问题就谈到了物价。我没有记录他的原话，只记住了一些大意。他说，物价问题实在是一个非常复杂的问题。谁要是能在这个问题上研究出惊人的成果来，可以得一个双料博士。他认为，物价上涨的症结所在还是生产赶不上需求的矛盾。中央正在考虑一个总的物价政策，而在上海，市民的菜篮子还是不应忽视的。

在谈论科技问题、知识分子问题时，他忽然谈到了增加新闻透明度的问题。他说，把有关人民生活的党政事务在报上公布，发挥舆论的监督作用，是对的。但有些事何时发表为宜，是先做后说，还是多做少说或是只做不说，还是要看社会效果而定。他表示，等经济工作忙出一个头绪来，他要找新闻界的朋友开个会，研究一下这个问题。

汇报结束，全体代表到外面草地上拍照，江市长是六届全国人大代表，自然也在合影之中。他步出会场时，我正好走在他的身边。他对我说，人民群众是从直感来看待物价问题的，情绪难免有偏激的地方，可以理解。所以，在物价上采取任何一步措施，都要考虑到群众的承受力的问题。

我说："江市长，上海的新闻界非常希望你能来同大家谈谈，相互交换一些意见。"

他说："是啊是啊，过些时候一定来找你们。"

3月21日　星期一

今天离沪去北京。我理了一个大箱子，属大件行李，需要在下午3时半以前送到市人大常委会。司机老王在2时不到就来接我了，先到报社与副刊的同仁告别，一张、其佩相送，他们在市人大会议厅小坐片刻，再去市政协，看望超公（赵超构）。

我分在第三组，成员都是科卫文教界的人士。新任中国科大校长谷超豪教授也在这一组，他来得也比较早。有人问他，忽而合肥，忽而上海，时间如何支配？他说，大约一个月中，三个星期在合肥，一个星期在上海，我说："这样一来你的科研工作要受影响了。"他说："是有点影响。不过任务压下来了，也没有办法推辞啊！"

4时40分登车出发去机场，约5时30分左右坐上有"空中客车"之称的A301飞机。机舱分三等，为一等舱、公务舱、普通舱。一等舱有叶公琦、刘靖基、冯德培、谈家桢、袁雪芬、赵超构诸公；我被照顾坐公务舱，就在赵老的背后，只一板之隔耳。

坐在我旁边的是上海第二医科大学血液学研究所所长王振义教授。我曾听他在小组会议上发过言，非常坦真。此刻一见面，我第一句话就是："王教授，你很敢言啊！"他笑笑，说："我觉得我有责任把我想说的说出来。我接触到的生活面当然很有限的，我的看法不可能很准确，也可能有错误。但作为党和政府的领导，就是要在各方面的意见中，相互参照，看出总的民意所在，据此而制定出来的政策，才能得到各方面的拥护。"他说，现在的报纸讲物质文明的稿子多了一些，讲精神文明的相形见绌。比如讲我们做医生的，往往只讲生活如何清苦，医德却不大讲了。他探出身体，对隔着一排座位的张仲礼讲："医生怎样了解社会，这要请你们社科院来研究一下。"张仲礼说："现在正建立一个新的学科，叫医学社会学。"

飞机于7时45分到首都机场，乘大客车七弯八弯，约走了个把小时才到龙潭饭店（即前卫生部招待所），我住五楼，与上海电影局局长吴贻弓同室。他因故要到23日才能来。在我的房间斜对过，是乔石同志的房间，但他人不在。

3月23日　星期三

昨日休息一天，与北京的朋友通了电话。他们有的在京多年，却不知道龙潭饭店在哪里。其中有的人要参加全国政协会议，只能选个日子，约个地点，大家集中地见一次面了。

今日上午有《瞭望》杂志的副总编沈毓强、王焕斗，中影公司的李君维来访。

下午3时开代表团全体会议，朱镕基同志主持，他被选为代表团团长，叶公琦等为副团长，我被选为第三组召集人之一，另两位是张仲礼、吴贻弓。

周谷城、朱学范、荣毅仁诸老都是上海选出的代表。我们入场时，朱、荣二老早已坐在会场内靠墙的沙发上，周谷老最后到，他一进门就和大家连连打招呼，一口的湖南话，乡音更加浓重了。

朱镕基、叶公琦二位传达了在昨天大会秘书处召集的各代表团负责人的会议上几位领导同志的讲话。我因未带笔记本，只能凭记忆所及，转述一点大意。

彭冲同志说，这次大会非常重要，议程很多，而选举国家领导人又是最重要的议程，这也是党的十三大总体格局的一个组成部分，意义深远，举世瞩目。大会将充分发扬民主，进一步贯彻改革开放的精神。我们的国家一切权力属于人民，希望所有的代表不负重任，以对国家、人民高度负责的精神，把这次大会开成一个民主、团结、胜利的大会。

郁文同志讲了大会的新闻报道、开放程度将比以往更高。外国记者有 194 人，还不包括常驻北京的，新加坡来了 37 人，苏联 2 人。港澳记者有 51 人，香港《明报》过去从不派记者参加的，这次也派了一人前来。台湾有记者正在香港观察动向，主要是看台湾当局的反应。外国记者如要找代表谈话，只要本人愿意，就可采访。

曾涛同志接下去谈了记者采访的问题。他说记者的工作同我们既有合作的一面，又有矛盾的一面。记者从他本职工作的要求出发，总是希望能采访到他所需要的消息，对此我们既要注意，又要谅解……

我听到这里，顿时心想，曾涛同志到底当过新华社社长，对新闻工作的甘苦有切身的体会。

宋平同志讲话主要是说这次大会不另开党员大会，各代表团只组成临时支部，任务是保证把这次大会开好。要教育党员参与议政，显露出人民代表的形象。

会议结束后，在电梯口，忽然有一位老大姐上来招呼，说要与我谈谈。她就是孙梅英，也是我们上海选出的代表。不过她人住在北京。我把她请到房里，她同我好像一见如故，推心置腹地谈了她对乒乓球运动的忧虑。有近台快攻是否还要发扬的问题，有培养新生力量的问题，有领导作风与方法的问题。我向她建议，有的可以写成文章公开发表，有的就只能在内部谈了。

吴贻弓于6时30分左右赶到，他将被选为大会主席团成员。

3月24日　星期四

今日北京雨雪交加，据说半夜就开始下了，所以枝头屋顶，俱披上银装，乘车前往人民大会堂时，实验小学副校长殷国芳看到一路的雪景，对我说："以前给学生上语文课，形容雪下得很大，说树上结了一个一个的银球。我想象不出这银球究竟是什么样子，只好去翻画报。今天总算让我看到了，你看，这松树上的积雪，果然是球的形状。"

谈到报纸。她先说我们报办得不错，看的人很多。但又说，报上的错误也不少，“顶头点更是时有可见。小学生便拿了这样的报纸来问老师：‘你对我们说，标点不好放在一行字的前面，你看报上？’……”我被她说得讪讪的。只好坦率地承认：“标点符号排得不合规格还是小意思，语法上的问题更是经不起你们老师来‘捉扳头（挑骨头）’的。”

今天是预备会，所以不必按照指定的座位入座。我们上海代表团好多同志都坐在后排。开会很准时，九点差两三分钟，彭真等同志便进场了。因为坐得远，也看不清前面主席台上多少人，是哪些人。

只两项议程，一是通过大会主席团人选；二是通过大会的议程。举手表决，每一项要招呼三次，赞成的请举手，反对的请举手，弃权的请举手。当时宣布，反对的、弃权的都没有。后来听说，在表决主席团的人选时，有一人弃权，但因人多，没有看见。

彭真同志讲话是照着稿子念的，但念着念着，忽然把稿子放下，说：“我要戴眼镜，不戴眼镜不行。”

我看了一下表，整个预备会议只开了20分钟。

3月25日　星期五

大会今日正式开幕，下午3时开，我们代表团2时就出发了。

今日开始对号入座。每个代表团坐每一排两个位置，形成一线。上海代表团分到的号位是，1 号和 2 号，最当中，我坐 12 排 2 号，也是相当前面的了。可惜我的目力大衰，稍远一点的景物，轮廓便模糊不清。当邓小平、李鹏等领导人走上主席台时，我只能大体上看个身影，无法看个仔细，此其一。

其二，众多的摄影记者、摄像记者把主席台前的正中地位占满，恰好挡住了我们坐在正中的人的视线。因此，要看领导人进场时的活动，还不如看电视。我虽身历其境，其实是一点看不到的。这时，我才体会到，新闻记者在有些场合，出于职业的需要，不能不发挥他最大的主观能动性，但是不是也要注意一下，不要妨碍他人才好。

我们代表团有人统计，李鹏的报告一共赢得 18 次掌声。其中第二部分《今后五年建设和改革的目标、方针和任务》的第二项任务《加快科学技术和教育事业的发展和改革，把经济建设切实转到依靠科技进步和提高劳动者素质的轨道上来》，就有 3 次掌声。对于这个问题，李鹏一开头就明确地表示“促进科技进步，加强智力开发，决不仅仅是科学界、教育界的事情，而是全社会的一件大事。”他话音未落，掌声便起，可见人同此心，心同此理。

我们还在上海时，就拿到了这份报告的征求意见稿，看了一遍，表示过自己的看法。今天见到的稿子，说不出已在哪些地方作了修改，回到驻地，要好好对照一下。

3 月 26 日　星期六

今日上午举行大会，听姚依林作关于《1988 年国民经济和社会发展计划草案》的报告和王丙乾作关于《1988 年国家预算草案》的报告。登车去人民大会堂之前，在龙潭饭店门口的休息室小坐，认识了江苏省南京市的戴市长、镇江市的陈市长。因我小时候在镇江上过小学，便对陈市长说："你是我的父母官。"他笑着说："哪里哪里。"

陈市长名璧显，无锡人。原来是沙洲市市长，一年多以前才移任镇江的。镇江也是个名胜荟萃之地，除了金、焦、北固三山外，还有竹林寺、鹤林寺、招隐寺等，如保护整治得法，可以招徕更多的中外游客，是大有出息的。我向陈市长表达了这个意见，他点点头，呼了一口烟，说："可做的事很多，就是没有钱。"沉吟一会，又说："要请王丙乾帮忙了。"

后来我听吴贻弓说，好像人家对王丙乾的意见不少。

下午小组讨论时，中国科学院上海原子核研究所研究员程晓伍代表认为，在王丙乾报告中，把在国内发行国库券和向国外借款，都放在收入一项，不对，因为这是内债和外债。中国社会科学院副院长赵复三代表马上赞同，说："有道理。"我不大懂财政，但我心里在嘀咕：财政部长大概不好当。

讨论提早结束，到楼下大厅集中，由叶公琦代表传达了大会秘书处开会，宋平同志、彭冲同志等关于后天将选举七届人大各专门委员会成员的说明。因为代表对选举办法，以及其中的人选有看法，提到了周谷城的年纪问题。宋平同志解释说，人选是经过反复协商后产生的，周谷城年纪虽大，但思路清晰，健康状况也好，所以还是想请他担任科教文委员会的主任委员。彭冲同志说，一个委员会笼统地表决一次，这种选举办法是有缺点。人家可能不是对所有的人，而是对个别的人有意见，却无法表达，要么全部赞成，要么全部反对，不科学。但这次已来不及，只好在下一届选举时改进了。

3月27日　星期日

民盟中央下午在人民大会堂三楼举行茶话会，欢迎当地的盟员人大代表和政协委员。我和复旦大学中文系主任徐鹏代表约了江苏省的三位代表同乘“小面包”前往。刚进门，就看见冯亦代站在签到的地方等我。亦代说：“我今天来参加是为了同你会面的。”我说：“我也是。”

冯亦代在抗战胜利后办过一张进步小型报《世界晨报》，我在该报当经济记者，也编过一个短时期的副刊。我能从事新闻工作，冯亦代可算是最早的引路人。

3 月 28 日　星期一

上午大会，先由宋平作关于机构方案说明，接着就举手表决七届人大各个专门委员会的人选。香港代表廖瑶珠公开出来对这种表决办法提出异议，台湾籍代表黄顺兴公开提出请周谷城退下来休息，浙江省代表吴东修公开表示侨务委员会中有个别人不懂侨务改革，对华侨没有感情，这是从未有过的爆炸性的新闻。因此会上众多的新闻记者呼的一下奔过来，又呼的一下奔过去，那紧张的样子就别提了。

多少年来，我们新闻记者习惯了那种“一致通过”的场面，几乎用不着亲临现场，坐在报社也可以写出那种用语一致的报道来。

也许，再过几年，举手反对、弃权，就不再是引以为奇的新闻了。

我每次都是举手赞成的。坦白地说，一是有些胆怯，怕引人注目；二是觉得我反对、弃权也没有用，总是会通过的。

在表决科教文委员会的名单时，我们上海代表团是有人举手表示弃权的。

3月30日　星期三

昨今两天都是小组讨论。大家发言踊跃，尤其是教育界的代表，像交通大学副校长白同朔代表、格致中学校长高润华代表、实验小学副校长殷国芳代表、外贸学院副院长封福海代表等，讲起来都是很雄辩的，既有事实根据，也有理论分析。我更佩服高润华校长，她为目前中学办学的困难作呼吁，善于把握任何有利的时机。记得临行前在上海锦江小礼堂向市府领导作汇报，她谈过一次，今天下午朱镕基同志来参加我们这一组，她又谈了一次。据说去年她作为六届人大代表在小组会上，在江市长的面前，她谈的也是这个问题。我想，在我们这个社会，为民请命，希望真正能办成一点事情，还真需要高校长这种锲而不舍的坚韧精神呢。

李鹏的报告中提到，高等学校有一支强大的科技队伍，应当在完成教学任务的同时，引导和鼓励他们开发各种形式的社会服务。这就是说，高校的老师可以通过自行创收的办法来改善生活境遇，不能总是向国家要钱，对于这一点，教育界的代表多数不赞成，认为这会使教师不安心于本职工作，从而影响教学质量。封福海代表说，教授们在学校上课已经够累的，还要他们到别的地方去兼课，怎么吃得消？“我想他们是不肯这样干的。”

朱镕基同志笑笑，说：“这是你当院长的想法。教授们又有教授们的想法。当然有不愿意去兼课的，可是说不定也有愿意的呢。当年鲁迅就兼过课。……”

小组会结束时，朱镕基同志说：“今天我把你们这一组每个人和他的名字都对上了号，记住了。”

3 月 31 日　星期四

上午吴贻弓参加主席团会议后回来说，主席团已采纳代表的建议，在选举国家领导人时，可以投弃权票。原来的选举法草案只规定有赞成票和反对票两种。大家认为不妥。意见提了上去，先是解释说，因为投票箱中的计算机装置只安排了赞成和反对两种扫描程序，临时再加一个弃权的程序，来不及了。

大家听了，意见更大。认为计算机是为人服务，听人的意旨而工作的，怎么现在人倒要受制于计算机了？

现在意见终于被接受，大家很高兴。

下午开大会，共 3 项议程，听宪法修正草案的说明、《企业法》的说明、成立澳门特别行政区和海南省等。最后一项是听陈丕显同志作六届全国人大常委会的工作报告。会议主持人荣毅仁同志说，陈丕显同志刚从医院出来，健康还未完全恢复，请他坐着念稿子吧。

但陈丕显同志念得还是非常吃力。我真有点替他担心。后来我问了别人也有同感。但袁雪芬同志说，他今天念得还算好的。以前有两次开人大常委时，他的健康状况还要差。我想，这次陈丕显同志未被提名为七届人大副委员长候选人，可能也与他的身体有关。

袁雪芬同志是六届全国人大常委。

4月1日　星期五

上午大会，听最高人民法院院长郑天翔和最高人民检察长杨易辰的报告。

郑天翔的报告暴露了一个大家已经感觉到的问题，就是执法甚难。“有的主管部门对一些严重破坏社会主义经济秩序，扰乱市场的严重犯罪分子，没有移送检察院和法院依法追究刑事责任。”

物价为什么会失控呢，我看这里讲的恐怕也是一个很重要的原因。

当郑天翔谈到去年招收进来的司法干部，“最高法院将进行检查，如发现有通过‘指令’、‘条子’、‘搭配’和‘关系’等途径进来的不合格者，坚决清退”时，全场报以热烈的掌声。

在我的印象中，杨易辰同志担任辽宁省委第一书记时，好像是最早拥护十一届三中全会的决策，也是最早公开表态的人。我对他很有好感。今天听他作报告，一口的东北话，倒清晰好懂，就是念起稿子不大顺畅，岁月不饶人，老了。

奇怪，检察院这样一个至关重要的专政机关，也闹穷，希望能增加经费。据说有的山乡偏僻之地，检察院竟没有一间像样的办公室，牌子只好挂在树上。

4月2日　星期六

下午在人民大会堂上海厅举行上海代表团联组讨论会，乔石、荣毅仁、朱学范诸公都来参加。

乔石同志曾在3月29日来参与审议政府工作报告，他分在第一组，因此我们第三组没有能听到他的发言。后听别人传言，乔石同志对上海的希望很大，既然中央已经给了政策，就要解放思想，大胆去干。“对于教授的待遇、评定职称等问题，不知为什么控制得那么严？你们可以搞些试点，上面管大的方面，管方针政策，具体的可以让下面搞。”

“改革难免会走些小的弯路。只要大方向不错，即使走些小的弯路也不要紧。”

重振上海的雄风，也在这次会上得到了肯定。

今天估计发言的人很多，规定了时间，每人只给十分钟左右。我看好些人都作了准备，吴贻弓也是一个，他是想谈谈电影界的归宿问题。我想，我要么不谈，要谈只好谈新闻改革，谈新闻自由，但这个问题非三言两语所能谈清，到时候看情况再说吧。

讨论之前先合影留念，我们站好位置等了好久，乔、荣、朱三公都来了，就是周谷城未到，大概事先没有联系好。很遗憾，这次合影，老先生缺席了。

发言一个接一个。孙梅英上次在小组会上发言，对体委的那个领导人没有点名，这次却把名字也说出来了。高润华校长自然又是不肯放过机会的，我担心她别说得太多，影响了别人，还好，总算恰到好处地煞住了。

我一看那个局面，决定不发言了。我觉得大家想在这个会上讲一讲，无非是让乔石同志有个印象。那我就靠后一些，明年来开会时，再来争取露面吧。

乔石同志讲话，他先声明，重振上海雄风这句话，发明权不属于他，而是朱镕基同志。北京有的报上“说是我说的，我又不好声明，那么今天该归还版权了。”（朱镕基同志后来说，发明权也不属于他，而是上海的报纸上这么说的，他不过在招待会上引用了一下。）

乔石同志今天着重谈了党风的问题。他说，从总体上看，“党的十一届三中全会以来，我们党中央创立了不少好作风，有些是历史上没有过的”。（不是吹，我在小组会也是这样谈的，认为我们党在十一届三中全会以来，创立了民主的、实事求是的好作风，否则就没有我们知识分子的今天。我不敢攀比乔石同志，但这是客观存在的事实，是谁也看到的。）

乔石同志又说，他到中纪委后查了一下，党内腐败堕落的分子数量虽然有所上升，但在全国 4 600 万党员中所占的比例仍然极小。既然是腐败堕落分子，不管是一般党员还是领导干部，都要按党纪国法严肃处理。

“抓党风，从上到下都要抓，首先要从上面抓起。”“共产党在全国处于执政的地位，抓好党风，还要动员全社会一起来抓。”

乔石同志又说，抓好党风是个长期的艰巨的任务。他不主张乱提不切实际的口号，如什么“三年不见成效”之类。他说：“抓好党风，我这一辈子够不够？反正我一辈子要为此而奋斗。”

4月4日　星期一

这几天安排的日程是小组讨论。关于政府工作报告，大家都谈得很多，反正谈来谈去是物价、教育、社会风气等问题，号称三大热点。全国政协也围绕着这三大热点展开了更为坦率的讨论，小会谈、大会谈，最出名的当数千家驹的发言了。但也有人认为，他这样讲讲是可以的，做起来未必行得通。

政协会上另外还有两个发言受到了欢迎，一个是香港《镜报》徐四民的，另一个就是《新民晚报》社长赵超构谈新闻自由的。

我这个人不善于作长篇大论，但灵感式的即兴发挥有时自以为也能“语惊四座”。可是讲完了往往又暗暗懊悔，自己是不是过于天真，有欠考虑了？

有一次是谈人大常委工作报告，我们第三组与叶公琦同志负责的第一组合并讨论。有香港记者、日本记者等来旁听。我们谈起来并未有所顾虑，还是谈得很畅。我就谈了人大重视人民来信来访不够，总是一转了之。又谈了文化界的日子好过不好过，要看主管的领导是否开明。这反映了这方面的政策不稳定，最好能制订出“文艺法”“新闻法”等。但我事后一想，《宪法》上“公民的权利与义务”这一章中，不是明明写着公民有享受言论自由的权利吗，还要再订什么法呢？

下午正在讨论，忽然侯宝林坐车来访，只好请假接待。侯宝林前几年好几次来沪，到达后总是第一个打电话给我。这次我到北京，却忘了把他的地址记在日记簿上。他是老代表，本次会议又选为大会主席团成员，便托吴贻弓给他带了一个口信，望能抽空见个面，现在他来看望“故人”了。

在促膝倾谈时，我发现他的眼睛有些异样。原来是新近动了手术，准备在一部电视剧中演个角色。

4月5日　星期二

高汾大姐一定要请吃午饭，只好请假赴约。她在抗战时、胜利后，是《新民报》的名记者。解放后去北京，前几年留在《经济日报》编副刊，现在是《新民晚报》驻京办事处主任。她的爱人高集，解放前是《大公报》采访主任，解放初期担任过《人民日报》副总编辑，现在的主要任务是培养后进。

高汾家在《人民日报》大院内。因此，我早早地赶去，先去《人民日报》文艺部拜访袁鹰，我同他的渊源应追溯到解放前的《世界晨报》，应叫他一声老大哥。他已离休，现又受聘主编《散文世界》，要约我写稿，我未能应命。此刻见面，不免要吃一顿批评，但我也甘之如饴。袁鹰又把舒展（《大地》副刊主编、杂文家）请来相见，小谈甚洽。

在高家坐了不久，王若水夫妇与旅美华人陆铿先生来，后一起进餐。陆铿先生解放前是《中央日报》采访部主任，现在海外办杂志。大前年曾来访问过胡耀邦、汪道涵，后写成文章发表，在国内曾引起议论。

王若水已离休，在家专心读书、治学。他说："我写文章，其实是很慎重的，说的话也都有根据。"他夫人冯媛接着说："我觉得你现在写的文章已经没有什么锋芒了。"王若水大笑。

晚上，芮杏文同志到龙潭饭店来看望上海代表团所有成员。起先他想到每个房间去走一下，后叶公琦建议，大家集中在一起，见个面反而亲切。

芮杏文谈到了上海的种种欠账，说过去上海是准备要打仗，甚至要吃原子弹的，所以不搞建设，钱都花到山沟沟里去了。过去有过去的情况，你一定要责怪那个政策不对，也难……

4月9日　星期六

昨今两日，选举国家主席、军委主席、人大正副委员长、常务委员、最高人民法院院长、最高人民检察长，决定国务院总理、军委副主席的人选。

关于候选人的名单、材料，早已发到手中，讨论了好多次。大家不是没有想法，并发现了其中的一些矛盾现象。但考虑到这是党的人事安排总格局一个组成部分，已经过一年多的充分协商，征求了各方面的意见。为更好地发展安定团结的大好政治局面，也就给了充分谅解。所有等额选举的人选，都获得通过，但是都有反对票、弃权票。虽为数不多，但是民主政治有初步体现。有人反对，不是什么坏事，候选人应看成是对自己的一种考验。

人大常务委员是差额选举的，在讨论时，单看书面材料对候选人实在无法了解，便把袁雪芬请来，给我们这一组介绍一些情况。比如其中有位古耕虞，四川人，民主人士，82岁了，年纪似乎大了一些。但袁雪芬说，这位老先生很懂经济，过去在人大常委会上经常踊跃发言，意见都很中肯。我们想，幸亏她这样说一下，否则我们就要投他的反对票了。不料，正式选举的结果，古老先生还是落选了，可能其他代表对他不了解，可见即使实行差额选举，各代表团不能互相交流。也还有一定程度的盲目性。

华国锋有人提名，只一票之微耳。

4月11日　星期一

今天是小组讨论的最后一次，朱镕基同志又来参加。他谈了一些设想，比如改革上海政府机构，解决人事臃肿的问题。他认为，目前在原来的机关动手术，不大可能，也没有效果。不如重新着手，现在不是要改变引进外资的软环境吗，要一个窗口，一个图章，就要另外建立一个机构，实行公开招聘，集中各方人才，每天办公不是8小时，而是10小时，甚至12小时，但工资要比一般人高出许多。他曾把这个设想同宋平同志谈过，宋平同志很赞成。

我在发言时，又谈了利用新闻媒介把重大的事情向群众讲清楚的问题。

4月12日　星期二

国务院副总理、国务委员、各部部长等人选于今天上午表决通过。对于这个名单，我们在讨论时，还是比较满意的，认为年纪较轻，知识结构较好。我们大约统计了一下，在41位各部委首长中，新任命的15人，60岁以上的15人，留学苏联、东欧的15人，估计真正是能干实事的人。

等候开票时，与叶公琦、袁雪芬、徐鹏等在休息室闲谈。叶公琦同志谈了他当年的一段坎坷经历。他说，这造成一个人的精神负担，直到现在还有影响。我说："现在工作上的压力，有时候也会使你开心不起来。"他笑了。

4月13日　星期三

大会今天上午结束了。共11项议程，还有杨尚昆、万里讲话，也不过花了两小时左右。有位代表在表决通过政府工作报告的决议时，起来发言，认为代表提了这么多的意见，哪些被接受了，哪些没有被接受，决议中没有写明。我觉得这也很难，不是一下子能答复的事。

有位安徽省代表起来发言四次。第一次有点惊人，还喊什么"人民万岁！"后来三次也没有什么特别之处。或者不一定拿到大会上来讲。我不禁悟到，人随便做什么事要能掌握"恰到好处"的分寸，是不太容易的。

散会后，党和国家领导人会见全体代表，合影留念。我起先弄不懂，这么多的人怎么拍法？到现场一看，才知道是分四个地方拍，也就是说领导人共要拍四次。我们上海代表团和江苏代表团等站的地方轮到第三。我站在第三排，领导人走过时看得比较清楚。小平同志的面色好像微黑而透红，确实很健康。

晚上聚餐，然后乘车去中央警卫局大礼堂看电影《末代皇帝》。我认为拍得不错，突出了一个主题：溥仪的一生从来就没有能自己作过主。

4月14日　星期四

朱学范副委员长上午特地来同我们话别。因为有不少代表出去了，团部就要我们几个召集人前去相见。朱老当过邮电部部长，现在同我们谈起来，还是谈的如何改善上海电话通讯的事情。

下午2时15分乘车离开了龙潭饭店，前往机场。记得由上海出发来京时，听说要呆二十多天，觉得日子好长，真的过起来，也不过眼睛一眨。现在回想，又觉我过得还是有点漫不经心，有不少时间给浪费了。

明年见，北京！

今年的全国人大

——1989 年第七届全国人大第二次全体会议

原刊《上海滩》

光阴迅速，行期在迩，我又要去北京参加七届二次全国人大会议了。但我的心情有点郁闷，有点犹豫，又有点怯懦……反正，复杂得很。

客观形势是如此严峻。经济上经过一个时期的治理整顿，市场、物价，似乎被控制住了，但只要稍一松懈，肯定会又惊扰起来。……而且已经出现了新问题，如工业生产的滞胀、民工的盲流，等等。

政治上也有风波，大的如西藏骚乱，小的如三十多位名人联名上书，方励之赴宴受阻等。

还有老百姓最感兴趣的“官倒”，查得怎样了？

所有这些，逼得我不能不反复考虑，到了大会之上，应该怎样表现自己。

一位我所尊敬的前辈叮嘱我：说话要注意分寸，不要一个忘情，就口没遮拦，自以为是好心一片，却不想想人家的心理承受能力。

也不止我，后来我听同济大学汪品先教授说：在他动身之前，也有长者向他发出过类似的忠告。

我不知道别人怎样，总之，我是怀着一种小心翼翼的自我感觉上路的。

我的另有所悟

3 月 16 日下午抵达北京京西宾馆，刚在房间内安顿妥当，就收到了一张请柬：民盟中央定 17 日下午在府右街统战部礼堂举行茶会，欢迎出席两会的民盟人大代表和政协委员。去年也举行一次，看来是例行公事，但我却另有所悟，便对徐鹏同志（民盟上海市委副主委、复旦大学中文系主任）说我理解民盟中央的心意，我也知道怎样约束自己，是不是不去了，何况弄车子也麻烦。徐鹏竭力劝说我还是要去，车子由他去联系。后来知道谷超豪教授也去，我更没话说了。去年认识了这位学者，我对他是很钦佩的。

会上，主要是费老（孝通）讲话，着重点又是后面那些话，大意是说我们国家的民主进程正在逐步发展，希望我们积极而又慎重地行使自己的民主权利，出格的、不利于安定团结的事还是不要做。

我琢磨了这些话的弦外之音。结合社会上的传闻，便反问我自己：如果有人拿一封什么信来找我签名，我签不签？答案马上就作出了：一、不会有人来找的，因为我还够不上那种资格；二、如果真有人来，我要他告诉我这事的真实背景，稀里糊涂地吃情面可不是闹着玩的；三、我已有了可以表达自己的意愿的讲坛（人大），何必再多此一举呢！不过联名写信给中央却不是违法行为，我想。

老路走不回去了

18 日下午人大上海代表团正式建团，团长为叶公琦。他与朱镕基市长早我们一天到北京，参加了一个预先召开的团长会议。会上，三位中央领导同志等同志讲了话。叶公琦把这三位讲话的精神向上海团全体代表吹了吹风。

我记录了一些要点。如今事隔多天，再来翻开笔记簿，竟然记不准确了，可见年老易忘。不过大体的意旨还是能想得起来的。就是代表们在会议上应该充分发扬民主，畅所欲言，说自己想说的话，提出批评、建议，但不应离开一个原则：实事求是。

十年改革，虽然发生了不少问题，却也并非一无是处，应该“成绩讲够，问题讲透”，所以，会议上的正常反应须是两种声音，不是一种声音。

李鹏同志后来说，不是一种声音，而是两种声音、多种声音。

我特别赞同一位领导同志这样的话：如果什么都是危机，一团漆黑，那必然会导致两个错误的结论：一、改革开放不行，必须走回头路；二、社会主义不行，必须全盘西化。

说实话，我也有这样的担心。当人们在指责现实中的种种谬误时，似不应走向极端，说一切还是“文革”前的十七年好，甚至还是“文革”十年好。比如那时好的带鱼只卖到三角一斤，虽然每户每月要配给供应。

可是，再细想一下，那是多么可怕的日子啊！难道今天的许多不协调、不合理、不文明、不公正的现象，不是都可以从“文革”十年和“文革”前的十七年去寻找历史根源吗？

乔石同志来参加我们的大组讨论时，在发言中有两句话我是很受用的。他说，现在的关键是治理整顿，但从长期着眼，还是要改革，不改革没有出路，不能走老路。老实说，老路也回不去了。

上海人的苦恼与自豪

这次会议的一个特色是各代表团的全团大组会开得比较多，并邀请国务院各部委的负责同志前来对话。如果说议会的语言，就是代表们向部长进行质询了。

这个消息我最早是从《参考消息》上得知的。后来中央的各报也披露了。为什么总要比外面的报纸慢一拍两拍？这还算好的，有些消息干脆只有外面的报纸好登，内地则卡得紧紧的，其中奥妙，实在想不通。

我们上海代表团大概开了五次大组会。掀起过两次高潮，先是李鹏总理来参加的那次。当代表们提出了最好能请李鹏总理来同大家见见面的意见反馈到上面之后，马上就得到了回音。23 日下午，李鹏总理来了，先期而至的还有国务委员、人民银行行长李贵鲜，国务院秘书长罗干，计委副主任叶青等。李鹏总理一见，就说："管钱的、管物的都来了。"

代表们争着发言，都希望中央能多了解一些上海各界的甘苦，多同情一下上海目前的困境。但是李鹏总理最后回答：上海的困难，中央是知道的，所以才同意财政包干 105 亿。但要中央再让，就没有这个条件了。否则今年中央预算的财政赤字，怎么能保得住？

我相信李鹏总理说的是实话。好比一个人丁兴旺的大家庭，食指浩繁。而众兄弟之中，就数你上海这个儿子的收入最高，做父母的不要你多负担一点，又向谁要？这是从新中国成立以来就认准了的一个必须担当的角色。作为上海人，既有劳累不堪的苦恼，也有义不容辞的自豪。

深圳议案的风波

再一个高潮就是关于授权深圳立法的议案，请国务院秘书长罗干和有关负责人前来介绍情况的那次。

包括我在内的一些代表认为：罗干同志在大会上的报告太简单了些。深圳成为经济特区的九年以来，在国民经济中究竟起了什么作用，报告没有讲清楚。如今突然要授权给它立法，又将会有什么样的后果，我们心中没有底，因而也无法表示赞成或反对。

其他一些代表比我们想得更深刻一些。深圳九年没有人大，也过得挺好。怎么现在一下子要想着成立起人大来了，而且马上就要有权立法，其故安在？

这个议案是3月17日才送到全国人大常委会的。怎么一下子就列入议程了？

还有的代表认为深圳这些年其实是靠赚国内的钱才发家的，因而对它的效益产生了怀疑。

等等，等等。提问一个接着一个。看来有关负责同志的发言并没有说服大家。但是罗干同志最后的话赢得了热烈的掌声。他说，不管这个议案通得过还是通不过，上海代表如此高水平高质量的发言，对防止和减少国务院工作的失误将起到很好的作用。

不过，我后来也听到几位旁听者（包括新华社记者）的议论：上海代表的民主意识是很强烈的，从立法程序上对这个议案提出异议也是准确的，但对于深圳这样一个改革开放的窗口，一个试行有计划的商品经济的雏形，在认识上又稍嫌局限于旧的框框了。

后来大会主席团将这个议案稍稍作了修改，再付大会表决的结果，议案虽然通过，但反对的、弃权的超过一千以上，可以说是中国历史上破天荒的第一遭。

有了这破天荒的第一遭，将来就有第二遭、第三遭……说不定有那么一天，有那么一个议案不被通过。

不被通过也不一定是坏事，也许还是好事。中国过去之所以有许多现在看来是明显错误的决策，就坏在总是“一次通过”，太没有约束了。

人大的前景如何

民主的潮流势不可挡。但在中国，民主的进程又必须是逐步的，渐进的，力图有条不紊，不致影响安定团结的。

这样，加强人大和政协的作用就必须进一步重视。

人大曾经被视为“橡皮图章”。现在呢，代表说图章还是图章，不过稍为变硬了一些罢了。

人大确实立了许多“法”，但执行得如何呢？ 监督的职能，似乎发挥得不够。 这一次代表对人大常委会的工作报告感到不满，意见最多的也是这一条。

我们纷纷议论的是这些：

一、 现在的代表人数是不是太多了？ 还要进一步精选，代表资格主要的标准应该是参政议政的能力强不强。

二、 人大常委会及其所属各专门委员会尤其举足轻重，其成员应该年轻化、专职化、精干化。

三、 指导思想的改进。 确认人大和政协是实现决策民主化、科学化的一个可以信赖的和必不可少的途径。 不把这里看成是荣誉性、安慰性的机构。

代表中有的大学副校长和系主任说得好，把人大、政协办成民主的讲坛，必会对关心政治的青年学生产生吸引力，使他们可以通过合法的途径来表达自己的爱国主张。 这也是保证我们长治久安的上上之策。

这些愿望都包含了满腔热忱，也不乏远见。 能够逐一实现吗？ 有的也许明年就可见分晓，有的则要等到第八届、第九届……

等吧！

奥地利十日谈

第十二篇原刊《新闻记者》，其余原刊《新民晚报》

1990 年 10 月初，由中国记协组织的中国新闻代表团应邀访问奥地利，我也是其中一员，归来后就写了这一组游记。

一、秘书长先生

在国外办事，信守时间是很重要的，讲好几点钟，就是几点钟，早了，晚了，都不行。那天我们去访问奥地利外交部秘书长克勒斯蒂尔先生，就早到了十来分钟，进去不适合，只好在门外等着，看着街景。

外交部设在总理府内，总理府在总统府的旁边。看起来，总统府的建筑要比总理府小一些，但都是昔日的王宫。总统府的前面则一片绿草如茵的广场，广场的中间有雕塑，外地游人走来走去地拍照，当地人坐在路边的椅子上闲谈。

我们蹓了一小段路，马上又被叫了回来，因为时间已到，该进去了。

奥地利外交部在总理府二楼的左面，我们先被引进一间会客室，跟着进来两个面带笑容、彬彬有礼的人，后面那个，我以为就是秘书长了，不，他们又把我们引进到对过一间办公室去，门口站着一位高大的、头发微秃、嘴里连连说着“欢迎、欢迎”的人，这才是秘书长先生。

奥地利外交部不设副部长，秘书长就是副部长。因此，我们认为这是一次很重要的会见，从秘书长这里可以了解到奥地利的外交政策和今后的动向。

我们围着一张长桌坐了下来。秘书长坐在南端的位子上，这是主人的席位；我正好就坐在他的旁边，见他身子仰着，脚跷着，好像很随便的样子，但是回答我们的问题却不随便，很认真的。

他同我们谈了奥地利今后的外交抉择，最主要的一点，就是奥地利正在积极争取加入欧洲共同体，并且估计到 1992 年可以实现。为适应这个新局面，奥地利的内部政策也要相应地作些调整，如农业政策。

当我们表示怀疑，这会不会影响到奥地利的中立政策时，秘书长断言不会，他说中立的原则是不可改变的，改变的只是中立的作用与功能。对此，他又发表了一通议论，我只记得他打的一个比喻：当两个朋友互相争吵的时候，需要有个第三者出来缓解一下。现在两个朋友和解了，第三者自然也不存在了。这是不是说的东欧发生了变化，至少欧洲又出现了新的格局呢。

谈到中奥关系，秘书长表示乐观，他认为明年两国的合作还会加强。他还告诉了我们一个消息：奥地利到中国的直达航线已在谈判，而且实际也谈成了。只是因为奥地利本国不生产远航大型客机。而向外国订购这样的大型客机需要时间，实现通航也要等待。

谈话进行时，秘书长忽然觉察到了什么，叫刚才引我们进来的一位先生，开了大橱，取出几包各种牌子的香烟，放在桌上。我们代表团中只有团长《工人日报》总编辑李冀同志抽烟，但我记得他今天上午还是克制住了，没有抽。

隔壁的那位女工作人员已来催过两次。第二次，秘书长立即站起身来，声称今日他还有一次会见，同我们的交谈就此结束了。没有多余的客气，同我们一一握手作别之后，门一开，他的手一招，又请进一个外国客人来。

二、两位主席

说的是社会党议会党团主席费舍尔博士和人民党议会党团主席柯尼希先生。

在访问柯尼希先生之前，我们有个顾虑，就是他的人民党在这次大选中受到了挫折，这个问题在他面前要不要提，提了会不会使他难堪？ 后来经过商量，觉得顾虑是不必要的，外国政治家已经习惯了新闻记者各种各样奇怪的提问，无所谓。

柯尼希先生虽然严肃，却很诚恳，一上来先同我们谈了奥地利与中国的友谊。 他本人是奥中友协的副会长，又两次以团长的身份率领议员代表团访华，因此他非常关注中国的发展，更关注着邓小平领导的中国改革开放的道路。 不过他也理解，中国有中国的实际，地方大，人口多，所走的改革道路应该是与欧洲不同的。

在谈了另外两个问题之后，我们终于忍不住向他请教了对这次大选和筹组政府的看法。 他略一沉吟，说，还是联合执政为好。但联合执政也是有条件的，就是必须实行一系列改革的措施，比如国有化和私有化的调整，扩建铁路网，改革养老金，等等。 他的这番话，至少让我得出了这样一个印象：奥地利新政府的组成恐怕一时还解决不了，其中的分歧，不是我们这些“外国人”所能理解的。

果然，当我们会见费舍尔博士的时候，谈到这个问题，他说，新政府究竟是怎样一套班子，估计要到 12 月中旬才能见分晓。 人民党提出的条件，不仅有政策上的，还有部长职位的分配，比如外交部，是人民党人还是社会党人来执掌呢？

相比之下，费舍尔博士好像要随便得多。 如果我没有把他和别人搞错，他一坐下来，就从上衣口袋里取出一把小梳子，在头上梳了两下。后来谈话快要结束时，又梳了两下。

还有，他抽板烟，而且点燃烟斗用的是火柴，不是打火机。

费舍尔博士也曾多次访问过中国，第一次是 1974 年，最近一次大概是 1985 年。在中奥两国的关系有过一段停滞之后，现在又恢复交往了，他对此感到很高兴。

我们一个接着一个地提问。我的问题是："西方的政治家也许还包括奥地利，是不是对东欧表现了太多的热情？您对东欧的前景又抱什么样的看法?"

他抽了一口板烟，说："这是一个很好的问题。我们在内部讨论时，也曾批评外交部，对东欧花的时间和精力太多了，从而忽略了欧洲以外的事情，比如南北对话，现在已有所认识。不过也请你理解，东欧是我们的近邻，从布拉格、布达佩斯到维也纳，比我们的萨尔茨堡到维也纳还近。他们的变化，不能不引起我们的关心。"

至于前景如何，他说：这又是一个很复杂的问题，今天谈起来两小时也不够。他们现在有困难，也潜伏着明天的危险，不知会变成什么样子。

一小时会见很快地过去，我们告别了。费舍尔博士知道我是上海的，就说，王殊先生(我国前驻奥大使）也是上海的。我说，王殊现在住北京，他是我们报纸的作者，经常写文章介绍奥地利。

忽然，他又冒出一句："十五年前有个王洪文，也是上海的。”此话一出，我们都不禁哈哈大笑起来。

三、在议会大厦内

10 月 17 日下午要访问三位奥地利政党领导人，现在，同人民党议会党团主席柯尼希先生的会见已经结束，接下来要访问自由党的议员，时间还有一点富余，楚克夫人便领着我们在议会大厦内兜了一圈，参观了两个会议厅。

一个老的，现已停止不用，成为历史文物。学生经常来这里上历史课，此刻正有一群，仔细地注视着嵌在黄褐色木制墙壁上的壁画，听老师在讲解什么。

那个新的，双门紧闭，我们只能透过外面环廊上的玻璃窗窥见一角，规模确实要大得多。议员席的座椅也许还是那些数目，但后面 U 形两层座位有点像剧院的包厢，是特为外国来宾、新闻记者，还有来自由旁听的人民而设置的。

整个议会大厦内静静的，在铺着红地毯的走廊上，也许只有我们这几个外国来访者在走动，现在我们推开了自由党议员办公室的门，但室内有人伏案，有人聚议，非常忙碌，因此那位上唇留着胡子的议员先生把我们引导到另一间会议室。

议员先生原来是位教授，如今在政事余暇，仍然到大学里讲课。我们问他有没有报酬。他说，是免费的，“我做议员拿的薪水够优厚的了”。

他说，在议会内讨论对华政策，各个党派没有分歧。在历史上，中国从来没有执行过侵略政策。中国对世界局势的稳定是非常重要的因素。他曾于1987年访问过中国，感到中国这么大，领导她实在不容易。在奥地利，面对着眼前的繁华景象，我们很自然地想起了当年德国法西斯侵占时造成的灾难。现在德国统一了，不知奥地利对此又有何感想，为此我们会见每一位党政要人时，都表述了这种想法。他们也许了解我们更深一层的含意，都很坚决地回答，那是历史，不会再重演了。外交部秘书长更加断言，奥地利现在就是一个民族，不是别的什么民族。

此刻我们又问了这位自由党议员。因为我们仿佛听说自由党内极少数人的观点是比较偏激的。但议员先生很干脆地说：奥地利没有这种值得一提的政治力量，统一了的德国依然只是奥地利的一个伙伴，保持着正常的双边关系。

离开议会大厦，急急地转过两三条马路，在一幢大楼前停下，来拜访社会党新闻发言人杨科维奇先生，据说他还是前外交部长，如今虽然不在其位，但他的见解依然是很有分量的。

杨科维奇瘦瘦的，戴着一副大的眼镜，长长的头发一把向后梳，看起来有点诗人的气质，但听他谈当前世界局势，又是完全是政治家的口吻了。

杨科维奇很重视中国的力量，在他的谈话中几次提到了这一点。如希望中国在南北对话中起推动的作用；认为中国在亚太地区有举足轻重的影响力，中国虽然人口多，但也潜藏着很大的活力，如把香港、台湾包括在内，将形成一股强大的经济实力。

告别杨科维奇先生出来，我们想了解一下这幢大楼是不是社会党的总部。但门口没有显赫的招牌，只有一小块铜牌嵌在门墙上，据翻译小方说，也不是总部，而是一个地方机构。

四、总理府吹风会

位于中欧南部的音乐之邦奥地利在今年（1990 年）10 月上旬举行了大选。在议会的 183 个席位中，第一大党社会党仍然居于领先的地位，获得了 81 个席位，而在上届政府中，与社会党联合执政的第二大党人民党却损失惨重，只获得了 60 个席位。另外两个小党，自由党和绿党的票数又有上升。

根据奥地利宪法的规定，现在要重新组织政府。受命组阁的仍是干练而又稳健的上届政府总理弗兰茨 · 弗拉尼茨基博士，他也是社会党的主席。

我们中国新闻代表团于 10 月 14 日到达维也纳，正是奥地利全国人民对弗拉尼茨基总理将组成一个什么样的政府纷纷议论的时候。我们出了飞机场，坐上面包车，前来迎接我们的联邦政策新闻局处长楚克夫人就同我们讲了这个新闻“热点”。在她为我们安排的日程中，有一项是到总理府参加总理和记者的会见。我不晓得发给我们的德文日程表上应该怎么称呼这次会见，而翻译成中文的日程上写的是“新闻吹风会”，这样说，大概有别于正式的记者招待会，形式比较随便一点。

时间是10月16日中午11时半。

这一天上午，我们还有两次访问。尤其是十点钟开始的听联邦商会有关负责人谈奥地利与中国的贸易情况，很感兴趣。问题多提了两个，等赶到总理府，时间已经很紧了。

总理府就在总统府的旁边。昨天上午我们也来过，是从左边的楼梯上去见外交部秘书长克勒斯蒂尔先生的。今天，楚克夫人急匆匆地领我走上了右边的楼梯，又转了两个弯，走进一个房间，已经三三两两地，聚集了不少记者了。但这还不是总理会见记者的地方，再走进里面一个房间，只见一架电视摄像机对准了西面的两扇紧闭的白色大门，这说明，总理即将从这两扇大门出现。而此刻，他还在大门的另一面——会议室开会，商讨组阁事宜。

原来在外间自由活动的记者陆续进来了，彼此即使偶尔交谈几句，声音也是压得很低的，大家都在等，空气略微有些紧张。

我略一疏忽，人群已经围住了一个身材魁梧、身穿藏蓝色双排纽西装，看上去不过五十来岁的人，他就是弗拉尼茨基总理，两手放在背后，笔挺地站立着，面容温和而严肃，回答着一个手持话筒的女记者提出的问题。接着又把两手插在裤袋里，回答了另一个电视台男记者的问题。总理谈得很多，可惜我一句也听不懂。楚克夫人后来告诉我们，总理谈话的一个中心思想是这一次组阁，要充分考虑人民的意愿。

谈话结束，总理刚要从门外走去，楚克夫人急忙上前向他汇报了我们的到来。总理笑着“哦”了一声，然后同我们一一握手，又一同拍了张照，离开了。

据楚克夫人说，总理同记者这样的会见隔一阵子总要举行一次。今天还好，有时候记者纠缠起来，竟然拉住总理的袖子不放，一个劲儿地问长问短呢！

五、格朗迪茨夫人

今天（10 月 22 日），我们已经进行了 5 项访问活动，此刻是下午 5 时，大家都有点疲倦了，但是我们还要去访问一个人：绿党议会党团外交政策发言人格朗迪茨女士。

为什么叫作绿党？是因为他们最初的政治活动是致力于生态环境保护，倡议绿色运动的。

但是，楚克夫人告诉我们，绿党还有一个政治主张：男女平等，也是很有号召力的。拿她本人来说，她对绿党也许有好多意见，而对男女平等这一条，却是赞成的。

在议会大厦的底层，我们刚走进一间办公室，就见一位打扮非常时髦但又很朴素的女性迎了出来。她就是格朗迪茨夫人。经翻译指点，对已婚的女士还是称夫人比较受用。

格朗迪茨夫人又把我们引进了她里面的那间狭长的办公室，在地板上堆满了书报杂志中的小方桌前坐下。

我说格朗迪茨夫人打扮时髦，是她耳朵上戴了大大的耳环，手上戴了几枚璀璨的戒指，上衣也是最时新的款式。说她朴素，是她不施脂粉，头发也没有烫，就这样直直地披着。神情之间，仿佛还有一点腼腆。总之，她还是一个女人。所以我们《北京日报》的小纪女士，一看就喜欢上了她。

既然绿党是提倡男女平等的，我们一上来就请她谈这个问题。

她几乎是毫不思索地就作了回答。她说，在奥地利，男女平等的问题并没有完全解决。尤其是企业界，总要想方设法地拒绝雇佣妇女做工，就是雇佣了，说是同工同酬，但实际上她们拿到的还是比男人要低。在她看来，一个妇女的工资收入不能低于一万先令（约合一千美元），才能做到不依赖于丈夫。

她又认为，丈夫也要做家务，生孩子不应只是妇女的事，所以她主张，丈夫也可以享受产假。

她更主张应该有更多的妇女参加政治。所以她们绿党的十个议员中，就有五个是妇女。在她看来，妇女既当好议员，又管好家务，是并不矛盾的。

我恭维了她一句：你一定是个既能当好议员又能管好家务的模范。

她听了显然非常高兴，说，我也是尽自己的能力去做罢了。

我又问：你的家庭也一定是很和睦的吧?

她笑笑，说，我的丈夫能理解我。我尊重他，他也尊重我。她又补充了很重要的一点，就是，提高妇女的地位，不是针对男人的。男女要相互合作。

我们又问了她以前的专业。原来她也是新闻记者出身，是拍电视的，曾到过苏联，拍了一系列的电视片。

也许是看在同行的缘故，怪不得这位格朗迪茨夫人对我们的访问表现得那样亲切，当我们告别时，还把我们一直送到了议会的门口。

六、银行家请宴

同奥地利的银行家会面，而且由他们请吃饭，在我个人来说，多了一层亲切之感，因为从 1947 年至 1949 年，我也干过两年多的银行工作。

先是兰德银行——出口银行请吃中饭。据说这是奥地利的第二大银行。这一天我们也去得略为早了些，在银行的门厅里等了一会，只见两位先生快步走近，连声招呼，随即引我们乘电梯。正值午饭时刻，电梯很挤，而维也纳各大楼的电梯面积一般都是不大的。

餐厅在五楼，为我们安排了一个小间。触景生情，我忽然想起解放前上海香港路银行公会餐厅的那种格局来。

小间内另有两位主人在等候，其中一位是袅袅婷婷、打扮得异常考究的女士，她递给我一张名片，竟然印的是中文，上面的名字是："包丽丝"，头衔是"博士，项目官员"，不用说，她负责的项目肯定与中国有关。后来听她介绍，她曾经去过中国东北的一个城市（我忘了名字），参加一个中奥合资的食品加工厂的投产典礼。我对她说："欢迎你到上海来。"她嫣然一笑，说："谢谢，有机会一定来。"

我们一边吃着鹿肉，一边听着银行理事会执行局主席波胡诺夫斯基先生等谈在中国投资的愿望和可能，彼此都相信前景是美好的。席散后，波胡诺夫斯基先生引我们乘后面那部电梯下去，他还说了一句笑话：走后门总比前门便当（方便）得多。

离开维也纳前两天晚上，是奥地利第一大银行信贷银行在当地的希尔顿饭店请客。总经理临时有事不来了，由他属下的部门经理和主任等代为招待。这一晚，宾主之间还展开了一点讨论。比如他们担心，回归了的香港实行资本主义能否得到保证，否则为什么还有好多人要移居国外？

我们的回答是：请看以后的事实。

我们呢，对有大量的外资购买奥地利各企业，特别是国有化企业的股票，会不会导致所有权的改变而表示怀疑。

他们则力言无妨。

正谈着，主人等忽然起立，原来总经理把另外一拨客人打发掉以后还是赶来了。我们当然也起身欢迎。

总经理梳着整齐白发，挺着微胖的身躯，也兴致极好地参加了我们的讨论，谈到外资的问题，总经理的观点自然是和刚才那位主人一样的。

不过隔了一天，社会党议会党团主席赞舍尔博士同我们谈这个问题时，说，那是他们银行家的看法。从更高的一层看，国有化企业如有大量的外资侵入，还是有问题的。

总经理同我谈到了上海。他说，1938 年，德国法西斯入侵时，曾有大批的奥地利犹太人逃到了上海。

我回答说，是的。当年上海的提篮桥曾是犹太人聚居的地方。我做银行职员时工作地点也是在提篮桥，我穿的衬衫，也是在犹太人开的店里做的，总经理听了大笑。

告别时，信贷银行一位瘦瘦的、高高的，也是花白头发的先生握着我的手，用英语说“BANKER，BANKER”。那言下之意大概是说，咱们是同行，同行。

七、一座突兀的建筑

汽车在高速公路行驶了近两个小时，现在来到了一个建筑物全是矮矮的，门前门后又都是绿化地带的小镇。到了这里，也等于进入奥地利的美丽古城萨尔茨堡的境内了。

然而有一座建筑物却非常突兀，像一座仓库，灰白色的墙壁显得有点阴冷，这就是我们要访问的一家与中国有合作项目的企业——供水工程有限公司。我这才明白，这座建筑物的造型是公司经营业务的标志：他们怎样进行水处理。

从建筑物里走出来一男一女，女的短头发，一身黑，她是尤云小姐，在中国学过汉语，今天就由她当翻译。因为时间已过中午，我们先被请到离此不远的一家中国菜馆——和平餐厅吃饭。餐厅内又有一位金发女郎正等候着，她大概是公司的秘书。楚克夫人曾经告诉我，萨尔茨堡出美女，这位女秘书当是我在这里见到的第一位美女。

吃完饭，在公司的会议室，见到了总裁维利·雷伯格先生，他的外表也许会让我误认是来自中东某一个国家的官员，双目炯炯，神情非常活跃。见面后的开场白也与众不同，不是一般的欢迎词，而是有点近乎冒失地询问：“你们这几家报纸，每天究竟发行多少份？”

我们如实地报了数字。在这方面，我们毫无愧色。就说我们《新民晚报》的发行量，已接近于维也纳全市一百五十多万的人口了。

雷伯克先生经常外出，到伊拉克去过二百次；到中国去过九次还是几次，我记不准了。足迹遍于中国的北京、上海、天津、无锡、汕头、成都等地；有一次还约了奥地利电视台记者们一同去，拍了他们在中国的见闻和工作情况。

说着，他让女秘书给我们看了录像，是用中文解说的。老实说，其中有几个镜头，看了有点不是滋味。比如先一个镜头拍的是黄浦江浊浪滚滚，旁白：水质已经受到了污染。后一个镜头是湖心亭上老人在喝茶，旁白："他们茶还是要喝的。"又一组镜头：一个农村妇女在河边涮马桶，接着又是一个农村妇女在河边洗头刷牙……这是批评还是讽刺？是善意的还是别的意思？然而，在我们自己来说，有没有值得深思之处呢！

雷伯格先生公司的自来水和污水处理工程，比较适合于一百万人左右的中小城市。据他介绍，可能在济南，会有他们合作的一个项目上马，能供一百二十万人的饮用水。在言语之间，他表现得很热切，希望能同中国多做几笔生意，而且要快一点。

我问他："为什么不到我们上海来试试呢？"他说："在上海搞一个工程，规模大，投资大，不容易。"又问我："你为什么老是提到上海？"

我说："我是上海人，上海的记者，当然关心上海喽！"

八、楚克夫人

楚克夫人名字的全称应该是伊丽莎白·楚克。她是奥地利联邦政府新闻局的处长，大概是负责联系远东这一片的外国记者的。中国当然是她的工作重点。

楚克夫人究竟有多大年纪，不好问，问了是没有礼貌的。但她长身玉立，一天要换几套衣服，看上去至多四十来岁。这不仅指她的外貌，也指她那几乎是不知疲倦的精神状态。

从她在飞机场把我们迎进维也纳，直到十天以后，她又在飞机场把我们送离维也纳，除了夜里回家睡一觉，从早到晚，始终陪同着我们，照应着我们。每天一早，她先来旅馆同我们会合，到晚上最后一项活动结束，又把我们送回旅馆，再向服务人员叮嘱一番，像给我们每人房间送一瓶开水什么的，然后才一一道过晚安，驾车而去。有两晚，老实说我们都有点支持不住了，希望快点回到旅馆休息，但又不好启口，就反问她："你忙了一天，大概很累了吧？"她一听，摇摇头："我不累。"说着兴致勃勃地拉着我们在步行街上看橱窗，看陈列着的标价昂贵的时装和首饰。

有一晚，我们看完歌剧《卖花女》，已是深夜十点半。但她还要拉着我们去一家土耳其风味的餐馆吃夜宵。虽然这一天我们并没有吃晚饭，但此刻肚子里一点也不饿，要吃的话，吃碗汤和几块面包也就行了。她却坚持还要点菜。我就对她说：“你应该早些回去，否则你的先生要对我们有意见了。”她说：“不要紧，他早上床了，明天你们将会见到他。”

第二天晚上，听维也纳交响乐团演奏的贝多芬第二、第七交响曲，楚克先生先我们在音乐厅大门口等候，他已是一个胖胖的老者，原来是学地球物理的，后来阴错阳差，竟然当上了外交官。他要比夫人大得多。这一点夫人也不讳言，早就告诉过我们：“虽然我没有生过孩子，但如今我也做奶奶了。那是我丈夫前妻的孩子生的孩子，我很喜欢他们。”

楚克夫人把我们在奥地利访问的活动安排得井井有条，一切都按事先拟定的计划进行。每到一处，把我们向主人作了介绍，座谈开始进行了，她必定要出去打电话，问问下一个要去的地方有什么问题没有？在从萨尔茨堡回到维也纳的路上，天已昏黑，大家都有点昏昏欲睡，楚克夫人显然也很疲倦，但她还是哑着嗓子在汽车内不断打电话，向维也纳方面告知我们的行踪，联系住的房间和到哪里吃晚饭。

因为她能干、好强，当然也难免主观。比如我们多么想看看多瑙河，看看音乐家的遗迹，但是她说：“是的，但这都是奥地利的历史，你们为什么不多看看奥地利的现在？”

有时我们也会发出一点咕哝：“怎么老是要我们听她的，她就不听听我们的？”但是马上又被她那种设想周到的体贴照顾驱散了我们些微的不快。最后一晚，我们参加维也纳新闻界在一家酒店举行的招待会，席散时，桌上还剩下好多点心没有吃完。楚克夫人向店家那里要来了金色的包装纸，包了许多点心，要我们带走，说：“明天你们到莫斯科过境，也许弄不到吃的，这些点心也好充充饥。”

临别时，我们办好一切手续，已经走进候机室了，她还在外面守着不走。我们不好意思，催她回去。她说：“不，再等一会儿，万一飞机临时又有变卦，你们怎么办？”

九、两位司机

他长着高高的个子，长长的络腮胡子，然而他今年才二十四岁。

他是一名大学生，学的是机器制造专业。然而，他现在来打工，充当了我们的司机。我们在维也纳十天，他毕恭毕敬地“侍候”了我们九天。还有一天，他因为要去考试，临时请人代了一下。

他的名字真难记，叫华东滋干德，是父母最小的儿子。他读书仍然要依赖父母，有机会出来赚两个钱，好买些自己想买的东西。同时还可结交一些朋友，尤其喜欢结交前来旅游的外国朋友。

我们凭着国内与司机同志打交道的经验，因而对他老想套个近乎，“密司特、密司特”的叫不离口；又因为他还是一个大学生，更怕一个不顺心要发骠劲。不想他竟然是那样的温良恭俭让，老是把自己看作是个“下人”似的，从不提出什么要求，到一个地方，他总是第一个跳下来，开门让我们下车，然后把车停在应该停车地方呆等。我们一出门，他早已瞥见，车子马上就开过来了。

有一晚，我们去看歌剧《卖花女》，临时多一张票子，建议他去看。他不肯，说要回去温习功课，回头再来接我们。楚克夫人同他约好十一时在土耳其餐厅门口等候，但我们到十一时半，还未吃好。而且叫的两盆煮鱼，内容也实在太丰盛，吃不完，便问楚克夫人，能否请司机一道来吃。楚克夫人犹豫了片刻，去把他叫来了。但他坐上席来，局促不安，略微吃了一点就不吃了。原来在他看来，既然被雇佣，等多久也是他应尽的责任，我们的客气，反而破坏了他们打工的规矩。

离开萨尔茨堡回维也纳那天上午，我们步行游览古城市区。他开车把我们送到一个风景点，然后开回旅馆，把我们的行李一一装好，大概独自又看了半天书，等我们游罢，各事舒齐，愉快上路。

他还没有结婚，连女朋友也没有。有一天在吃饭时我同他打趣：“喜欢不喜欢我们中国姑娘？我回去在报上登个征婚启事，肯定会有不少人来应征。”

他脸微微一红，说：“那你们一定也同时招聘到了一个不要报酬的驻奥地利记者。”

那个代工的也是一个留着小胡子的小伙子，两眼骨碌骨碌不停地在转，显得好机灵，看起来有点像“哥儿们”的味道。果然，他不是大学生，而是一个失业工人，新近才当上出租车司机的。

他人也很热情，干活很周到。维也纳的马路好多是单行道。目的地明明近在咫尺，但就是不能直开过去，要兜好几圈子。他灵活地把握着方向盘，东一拐，西一弯，一霎眼就到了。

他的话很多，吃饭时同我们谈他的私生活。他曾经和一个日本女子同居，后来不得不分开了。他说：“两个人实在合不来。她吃饭老是要喝汤，吃菜老是放酱油。叫她去买鱼，我把德文写好，要买没有刺的，但买回来的都是有刺的，受不了。”

东方人和西方人结合，凭着一时的感情冲动，日子一久，发觉彼此的生活习惯是如此的格格不入，忍无可忍，各自走开，这样的例子还是不少的。

十、月亮湖畔三家店

在奥地利的财政总收入中，有三分之一是靠的旅游。旅游收入的三分之一，又来自古城萨尔茨堡。其中农家旅舍的收入，又占了相当的比例。

现在，我们正在驱车去农家旅舍参观，地点在月亮湖畔。

汽车在平坦的公路上急驶，忽而上山忽而下山，两旁全是一望无际的草地和连绵不断的树丛。豁然开朗，烟波浩渺的月亮湖像深藏的明珠，晶亮地呈现在你的眼前。但我更加喜欢的还不是这静谧的湖水，而是面湖而建的一座旅舍房子的色彩，灰白色的墙，绿色的窗，每一扇窗台前砌一座赭红色的糟，里面放几盆盛开的花，单是这外观，就够使人流连忘返的了。

这幢房子也不是农民个人开的旅舍，而是地方上开设的。我们在这里吃了午饭，还得向前跑，前面有辆老太太开的车在引路，她是旅游协会负责为农民作咨询服务的，在山路间转来转去转了好久，来到了有两幢房子连成一片的地方，这是我要访问的第一家。

主人闻声而出，是个四十来岁精壮的汉子。今天有点风，气候有点冷，他上身依然只穿了一件单衬衫，领着我们走来走去。他先让我们看了一幢房子，这是专为旅客开会用的，楼下一间大会议室可容三十人，另有几间可开小组会。我最感兴趣的一小间桌旁有个炉灶，开会的人一面在讨论，一面还可以烤肉吃。这位主人别有见地，他考虑到春秋佳日的时间短，生意做不多，所以想出这个可供开会的项目来，好把旅游的季节再拉长些。

另外他还辟了个室内网球场，又在后面的树林里养了几十头鹿，这样，旅客的生活就不再单调了。主人很高兴，特地命他的儿子把他自制的新酒拿出来，要我们每人饮一小杯。我一饮而尽，那酒很甜，很凶，吃下去热辣辣的。

第二家，主人是一对年轻的夫妇，有一个十来岁的小女儿，还有一个婆婆，养了一条狗。他家旅舍的特色项目是钓鱼，在山脚下湖旁边，特地建造了一所小木屋，里面放着旅客寄存和旅舍准备的钓具。伸向湖心的简易的木料码头栏柱旁，系了两条小船，时已深秋，湖上风大，没有人来钓鱼了。

在旅舍的后面有一所牛棚，养了二十头奶牛，这表明了他们的农家身份。场地上停了三辆汽车，也是他家的。

风越来越大，我们跑得都很累了，但是一到了这第三家，立刻又被这温暖的家庭气氛所感染，全身又复苏了。主人夫妇养了四个儿子、四个女儿，都长得高大健壮。还有那条狗也肥壮得像条小牛似的，还特别喜欢同客人亲热，赶也赶不走。

这一家提供给旅客的，就是让你充分领略一种安闲的农村生活。所以前来投店的常常是一家数口，更多的是抱了襁褓中的婴儿同来，静静地度上两周，电视也不看。主人说，要看电视也不到这里来了，所以客房里也不备电视机。

说话间，隔壁厨房里香气四溢，顷刻之间，主人已经蒸熟了一盘奶油蛋糕，一盘上面撒了花瓣的小点心。殷勤地要客人尝尝风味，我们吃不下也得吃。其实，按照我们本来的心意，真想在农家旅舍住上一晚，但日程不允许，现在逼着我们要上路了。

十一、临别的晚餐

秋天，在奥地利，是葡萄收获的季节，也是用葡萄酿制新酒的季节。

从维也纳森林山脚下延伸开去，有一条小街，两旁鳞次栉比，尽是一幢幢园庭式的建筑，好多门口挂着标志，有的就挂上一只酒瓶，里面装上电灯，不用问，请君入内，这是家庭酒馆。主人用在后园种植的葡萄酿成的新酒已经香气袭人，可以品味了。

今天晚上，也是我们中国新闻代表团在奥地利访问的最后一晚，将和维也纳新闻界的同行在一家比较著名的家庭酒馆会餐，共尝新酒。据说，有好多外国的代表团都到这里来过，维也纳的主人认为以这样的方式招待客人，不拘俗礼，别有风味，最能体现宾主之间的友好无间。

矮矮的一溜平房，穿过两道门，便是酒馆的客座之地，好像也不过两三进，前面比较狭窄的地带是火车座，都已坐满了，我匆匆走过，瞥见其中有人正在座位上拨弄着吉他。

我们占据了后面那个大间的一半，也不过是一张方形的大桌子，另一张案几上放着一盆盆的菜，要吃请端了盘子自取。然后再请围坐到这张长桌上来，你挤我，我挤你，在烛光摇曳之下，相互交谈，各抒已见。

我实在记不清这一晚到了哪些维也纳的同行，虽然都握过手，报过姓名，但一转身又忘了。我只记得坐在我左边的是电视台的一位副台长；右边是一位打着领结的老先生，一家周刊的主编，已有相当的岁数，是由儿子陪着来的，坐在我对面的一位是大学外交学院院长，头发已经全白了，和我们的团长李冀同志谈得正欢，后来听李冀同志告诉我，这位院长对苏联的局势有着比较新鲜的见解，并拿苏联同中国对照，认为中国先搞经济改革还是对的。

我请我国驻奥大使馆新闻专员刘昭明同志当翻译，问了那位主编老先生一个问题："您认为海湾局势最后将会有什么样的结果？"

老先生毫不犹疑地立即回答我："萨达姆应该垮台！"

据刘昭明同志告诉我，这位老先生为人还是很正直的。他们经常约到外面吃馆子，交换对一些国际问题的看法。

在与这些外国同行的接触中，深感我们之间多么需要增进相互的了解，或者说，中国和外国多么需要增进相互的了解，否则就会产生许多误会。比如那位电视台副台长就问我：在你们中国，要是一个官员犯了法，老百姓想要告他，是不大容易的吧，在这方面有没有什么法律保障呢?

我告诉他：中国的法制正在不断完善之中，今年就制定颁布了一部《行政诉讼法》，规定老百姓遇到不平，可以告官的。

他听了点点头。

同行们还在陆续地来，也在陆续地离去，来去自由，吃多吃少自便，这一天准备的荤菜有炸鸡腿、炸猪排等，但我们吃得最多的还是蔬菜，有腌过的黄瓜、炸过的茄子、浇了奶油的生菜等。不怕笑话，在外国吃真正的西餐，最合胃口的还是蔬菜。就像葡萄酒，我们还是要了那种淡一些的、甜一些的。讲到我个人，这时最好来碗热气腾腾、薄薄的白粥。维也纳是美的，是典型的欧洲情调的那种美，虽然我还没有看够，还没有深入地领略到维也纳人的生活情味，但我已经非常想家了。可不是，日子也过得真快，一晃就是十天，维也纳，别了。

十二、莫斯科一天半

10月24日时近中午，我们离开维也纳，要转道莫斯科回国了。这个十月革命一声炮响，给我们送来了马列主义的第一个社会主义国家的首都，一直是我们向往的。现在我们将要在这里逗留一天半，也足够我们在红场、在莫斯科大街逛逛的了。

有一个问题使我们很犯愁，就是到了莫斯科究竟去哪里投宿还拿不准，虽然北京《工人日报》已经给我们向苏联《劳动报》打了招呼，但不知效果如何。不管它，去了再说吧。

说来也真巧，我们离开维也纳的时候，天气分外晴朗，好像特别给我们留下一个好印象似的，到飞临莫斯科，却是浓云密布，变成阴霾天气了。下了飞机，步入机场大楼，我们想要拿两部行李车，但有管理人员在看守着，要一块美元一部。他们也在想着法儿搞“创收”，我顿时就冒出了这个念头。

《劳动报》的同行倒是来了，而且来的是位副总编辑，人一看就是很挚诚的，但他只会讲法语；而我们的队伍中，只有全国记协的戴预璋女士会讲法语，像我，勉强能说几句简单的英语，彼此无法进行更多的交流，怎么办？

不过，他还是明白了我们的意思，在机场大楼内跑上跑下地找可以安排我们的机构，最后就在楼下找了专门接待过境旅客的服务台，那位女士恰好会说法语，承她指点，莫斯科机场设有招待所，负责接待不超过24小时的外国旅客，吃住分文不收，而且开往招待所的大客车司机就等在旁边，叽里咕噜地似乎在催促我们上车。我们还犹豫什么呢，走吧。

天已断黑，大客车七弯八弯地开了好长的时间，终于在一幢多层建筑门前停下，这就是招待所。服务台内坐着一位打扮入时的三十开外的女士，会讲英语，起先有点冷冷的，但见我们是那样地尊重她，也就逐渐地变得温和起来。我向她奉献了一小盒在飞机上省下来没有吃的奥地利巧克力，戴预璋送了她一盒中国花茶，她很高兴，说：“我最喜欢喝中国花茶了。”我们是5个人，按例两个女士住一间，三个男士中要有一个和另一个国家旅客同住一间，现在也不安排了，就让我们占两间。她还帮我们比较合算地兑换了一点卢布，又关照了我们一些事情。

招待所格局大致相等于早年我们国内有些县级招待所，但确实很干净，从老妈妈服务员满脸任劳任怨的神情，可以想象她干活时的勤恳。房间内有电视机，是黑白的，我们的戴预璋女士不胜感慨地说：“第一个社会主义国家还在看黑白电视机，我们却已换了彩色的，是不是超前消费了?”

第二天一早，我们从招待所步行前往地下铁道的东站时，这才看清楚，招待所设在一个新村区，房子的格式跟我们60年代造的公房差不多，可能面积要宽敞些，连房子周围的绿地、马路都似曾相识。有人说，到了苏联，不会使你感到过分陌生，因为有不少地方也类似我们中国，这话也许不无道理。

红场、列宁墓，都是有不少更为生动的笔描绘过的文章，我也不再饶舌了。何况这天上午我们在红场对过的百货商场内花的时间更多，上上下下，总共兜了三个圈子；苏联人也在兜，并在排队。我们招待所隔壁有家商店门口也有一个长长的队伍。中午商店休息，队伍也不散，究竟买什么呢? 我们走近一个已经买到了东西的妇女身边一看，原来是孩子穿的腈纶衫裤，上面印有米老鼠动物图案。

昨天我们错过一顿晚饭，靠由维也纳带来的点心充饥，今天中饭不能再错过了。餐厅就在招待所后面那幢房子，我们拿了招待所开的凭证入内，一张张桌子上面都已摆好食品，是一杯橘子汁和一只冷盆，还有一叠切片的面包。 我把橘子汁一饮而尽，冷盆内是生咸鱼，实在吃不进，只好放弃。 后来又端来了汤和热菜，我们都把汤喝了，菜是一撮像龙虾片的东西和小块块肉的双拼，一咬，既不是猪肉也不是牛肉，《工人日报》李冀说，可能是马肉。 马肉就马肉，但硬得实在嚼不动，也只好放弃。

有一位高高胖胖的苏联公民走过来问我们要不要换钱，他的价钱是一块美金十二个卢布，据说官价是一比六。 我们晚上就要动身了，而且也没有什么要买的东西，当然谢绝了。

下午三点钟，《劳动报》派了两辆车来接我们去报社做客。 在那间宽大的办公室内，总编辑滔滔不绝地告诉了我们：

全苏工会代表大会刚刚结束，根据全苏中央工会的性质、任务的改变，《劳动报》也不再是工会的机关报，而是工人的报纸。 明年，《劳动报》的售价要调整，也准备刊登广告，包括外商广告。

苏联国内局势目前有些紧张，主要是吃的东西缺乏，人民的怨气很大。 现在，“自由”倒是有的，但“黄油”太少。

应该借鉴中国的经验，致力于经济改革。

等等，等等。

一直谈到将近6点钟，我们饮了一点矿泉水，向主人道别。 感谢《劳动报》的两位记者把我们送到了机场，有了他们的指引，我们办理签票等一切手续要便当多了；有两件大行李，也是他们相帮托运的。 我也许有点“庸俗”，摸摸身边，还有一包楚克夫人在维也纳机场送的奥地利香烟。我并不抽烟，本想带回国内给亲友们尝尝。现在我却毫不迟疑地送给了那位《劳动报》的记者，这是我们中国人现在时兴的“搭得够”的表示，对于苏联朋友，想来也是行得通的。

在莫斯科一天半，到处都可以感觉到苏联人民同我们是友好的，即使站在红场对面街上那位年轻英俊的交通警察，看见我们也是笑嘻嘻地抬手放行。我们和苏联人民有着相似的经历，如今又都面临着如何进一步发展社会主义经济的重大课题。我们已经迈出了很好的一步，他们还在争论，但总是要迈步的，祝愿他们很快地走出困境，取得成功!

图书在版编目(CIP)数据

太平世事 / 秦绿枝著 . —上海：上海辞书出版社，2015.11
（秦绿枝散文杂感文集）
ISBN 978-7-5326-4495-7

Ⅰ. ①太… Ⅱ. ①秦… Ⅲ. ①散文集—中国—当代
Ⅳ. ①I267

中国版本图书馆 CIP 数据核字(2015)第 238548 号

太平世事
秦绿枝　著
责任编辑/商晓燕　助理编辑/王　媛　封面设计/姜　明

上海世纪出版股份有限公司
辞书出版社出版
200040　上海市陕西北路 457 号　www.cishu.com.cn
上海世纪出版股份有限公司发行中心发行
200001　上海市福建中路 193 号　www.ewen.co
上海中华商务联合印刷有限公司印刷

开本 787 毫米×1092 毫米　1/32　印张 9　字数 175 000
2015 年 11 月第 1 版　2015 年 11 月第 1 次印刷

ISBN 978-7-5326-4495-7/I·287
定价：35.00 元